岁月的驿站
——中华节气节日风情录

刘宝田　刘湛涛　著

图书在版编目（CIP）数据

岁月的驿站：中华节气节日风情录 / 刘宝田 刘湛涛著.
-- 北京：中国书籍出版社，2016.7
ISBN 978-7-5068-5666-9

Ⅰ. ①岁… Ⅱ. ①刘… ②刘… Ⅲ. ①散文集—中国—当代 Ⅳ. ① I267

中国版本图书馆 CIP 数据核字（2016）第 154375 号

岁月的驿站——中华节气节日风情录

刘宝田 刘湛涛 著

责任编辑	王逸群
责任印制	孙马飞　马芝
封面设计	师　之
出版发行	中国书籍出版社
地　　址	北京市丰台区三路居路 97 号（邮编：100073）
电　　话	（010）52257143（总编室）　（010）52257140（发行部）
电子邮箱	eo@chinabp.com.cn
经　　销	全国新华书店
印　　刷	北京盛华达印刷有限公司
开　　本	880 毫米 × 1230 毫米　1/32
字　　数	180 千字
印　　张	8
版　　次	2016 年 7 月第 1 版　2016 年 7 月第 1 次印刷
书　　号	ISBN 978-7-5068-5666-9
定　　价	46.00 元

版权所有　翻印必究

霜降节，作者在双清胜览

作者偕妻王立云与著名山水画家何建国（右）、著名花鸟画家张伯玉在张家界

作者与儿子刘浚涛、刘洁涛在作者撰写的
《宝庆府古城墙赋》碑刻前

作者与本书插画画家、书法家
回楚佳在绥宁黄桑

作者在自己撰写的《北塔记》碑刻前

序

李争光

《岁月的驿站——中华节气节日风情录》实在是一部难能可贵的著作。我以为凡有阅读能力的国人，特别是青少年，都应该读一读。

我这么说，并没有丝毫的夸饰和过誉。文章在报上陆续发表时，我就分别读了一次。结集交我作序时，又认认真真仔仔细细全面读了一次。每读一篇都觉得意蕴深长，恣肆隽美。阅读这部著作成为一种享受，在享受中开阔了眼界，丰富了知识，陶冶了情操，感到一种精神的升华和美趣盎然的满足。

这是一部填补空白的著作。可以说，上卷《岁月的庆典》是吟咏清明、端阳、七巧、中秋、重阳、春节六大民族节日色彩神秘、蕴蓄幽邃的博奥诗章，下卷《岁月的驿站》是铺陈24个物候节气源远流长、风情斑斓的恢宏画卷。如诗如画，让读者堕入东方文明的丰厚奇丽里悠哉游哉，留连忘返。关于这些节日和节气，正如作者在《后记》中写到的："中国人都知道"，但"真正懂得的人"实在"不多"。在我孤陋寡闻的见识里，除了读到过一些二十四节气的微型小诗外，还从未发现全面、系统、周详地展示东方这些节日、节气风采的文学作品。作者以精彩的美文填补了散文领域里的这一

空白，将人类这一巨大的精神文化遗产融入了散文这一瑰丽的载体。不能不承认，这是作者对中国悠久的民俗文化和散文这一文学品种的一项贡献。

这是一部知识十分渊博的著作。它的内容涉及到天文、地理、数学、物理、农业、土壤、气象、水利、生物、医药、食品、人体、吏治、政教、经济、军事、文化、礼仪、文学特别是诗词歌赋，乃至于神学、佛学、道教、玄学，几乎一切传统的学科。我是一个以阅读兴趣广泛、读书面颇为渊博自视的"书生"，在阅读《岁月的驿站——中华节气节日风情录》的过程中，我常常惊异于这部著作知识量的巨大与作者知识的丰赡。我知道，这是作者艰辛探索的结晶。通过附于书末的《检索备忘录》，我知道作者为了这部著作，披阅了230多种典籍和320多位古今作家、诗人的作品。我们应当感谢作者认真的态度、严谨的风格。不然，绝没有这么内容丰富的作品呈现在我们面前。

知识面广邈无垠，知识点星云密集，很容易带来结构松散甚至榫接错位的文本弊病。可喜的是，我在细心研究《岁月的驿站——中华节气节日风情录》的文本构架后，不仅丝毫没有发现作者有任何捉襟见肘的端倪，而且常常因文本的逻辑谨严而叹服作者的缜密与精细。这种缜密与精细不仅体现在一篇篇的文章内，细针密线，天衣无缝，而且贯穿于整个系列。在写到独具中华特色的二十四番花信时，作者在《小寒》中刻划了梅花、山茶、水仙的风骨，在《大寒》中摹写了瑞香、兰花、山矾的神韵，在《立春》中描绘了迎春、樱花、望春的华采，在《雨水》中陈列了菜花、杏花、李花的姿容，在《惊蛰》中渲染了桃花、棠棣、蔷薇的秀妍，在《春

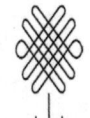

分》中展示了海棠、梨花、木兰的清丽，在《清明》中名状了桐花、麦花、柳花的朴娟，在《谷雨》中赞颂了牡丹、酴醾、楝花的缤纷，然后对上述花事简明地梳理一下，为热热闹闹的花信做一个庄重的谢幕。草灰蛇线，岭断云连，藤掣叶动，前扣后接，我们不得不叹服匠心的精巧。

　　知识面宽，知识量大，还很容易带来行文平板、枯燥无味的弊病。但打开《岁月的驿站——中华节气节日风情录》，这种担心便烟消云散。因为任意披读一篇，你都会觉得文采飞扬，美趣盎然，可圈可点，爱不释手。上卷开篇的《永恒的约会》一开头就诱惑我们堕入一个美的陷阱：

　　　　这是一个细雨纷飞的季节。细雨如酥，洒湿了塞北的红柳白桦、窑洞宫墙，洒湿了南疆的古榕木棉、茅檐渔舟，洒湿了中原的烟柳芳草、竹笠蓑衣……

　　境界宏阔，如诗似画，如品美酒，如嚼橄榄，不能自释。再打开下卷开篇的"题记"《轮回的驿站》看看：

　　　　从遥远的无始流来，向浩渺的无终流去，岁月的波涛漫淹过日升月沉、花开花落，漫淹过茹毛饮血、刀耕火种，漫淹过笙歌兵燹、朝代更替，漫淹过人类生活的一切层面，给人类上演过沧海桑田的活剧，留下了星云树叶般的神话和迷茫。

　　化抽象为形象，状无形为有形，文采斐然，才华横溢。即使是叙述普通的事物，作者亦如战场上指挥自如的将军，调动词语的千军万马，呼风唤雨，排列成美丽严谨的组合：

　　　　这一夜，从呼兰河到台北的淡水河，从博乐的艾比湖到南沙群岛的海湾，从雅鲁藏布江到舟山的渔港，在祖国千千万万的江河湖海里，星星点点的

3

河灯遥相映衬，漫天星斗也似演绎着中华民族一种亘古的民俗风情。如果我们能从高空用一种高科技望远镜看到这种景象，一定会感悟到一种深刻博大的文化心理，而为之心灵震撼！

这是《立秋》中生动地描绘了中元节之夜放河灯的民俗活动具体场景之后而拓展开来的一幅想象图景，视野浩瀚，场景旷远，展现了民族文化的强大凝聚力。甚至几乎每一篇中写到平凡的农事活动时，作者也不做枯燥呆滞的叙述，而是长河波澜，排比推涌，波光潋滟，挨挨挤挤，语言的节奏散发着农事繁忙紧张的气息。出神入化，挥洒自如，荡云泼霞，秀美大气。

阅读《岁月的驿站——中华节气节日风情录》，我还强烈地感受到一种巨大的民族文化自豪感的冲击。作者的这种感情激荡于字里行间，常常导引读者这种感情的升华。《惊蛰》中有这样一段文字：

"惊蛰"这个词实在经典，美妙而深邃，它像翻开辞典的雨部，就让人想起漫天滂沱，翻开木部，就想到遍野森林一样，让我们不仅想到春雷鸣动，轰隆隆碾过雨云塌方也似奔泻的湿漉漉的天庭，而且想到潮湿温濡的无边旷远和幽暗的土地里，一蛹蛹、一颗颗、一条条沉睡在酣梦里的生灵被遥远的雷声唤醒生命的本能，蠕动惺忪的意识，与万万千千的草根、树须一起，编织文字难以穷尽的神奇、奥妙的故事，演绎色泽无法涂抹的丰富、繁复的童话！同时，还令我们感到经历过冬藏僵卧的树木枝条、根系，也像蛰伏的虫蚁一样，舒筋活络，绽芽抽新，再度书写"草木

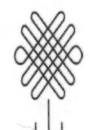

纵横舒"(陶渊明)的辉煌篇章了。这是一个何等智慧，何等丰赡的词语。世界上有哪一个民族、哪一个国家有如此形象华彩的称谓，有如此诗意蕴藉的节气！

在《春分》中写到2200年前的《吕览》中就已载有"八节"时，作者写道：

  春分者，分春也……写下这两个字的时候，我的目光穿过悠悠岁月的烟云，向神秘而伟大的先民们致以虔诚的敬意……端坐在岁月深处云端里的祖先们哟，让后来者的胸中激荡着一条自豪、骄傲的长江之水！

不管是直接抒情，还是将情感融濡于娓娓的叙述之中，读者的心灵常常与作者的心灵涌动同一频率的激荡。

很少读到这样赏心悦目动情的著作。如果有朋友能够一读的话，我想，他的心情肯定会与我共通的。

（李争光　江西井冈山大学人文学院教授，曾任该校学报编辑部主任。著作有《歌词创作艺术》《宋词艺术论》《历代异体诗鉴赏》《王梓坤传》等）

2016年3月16日

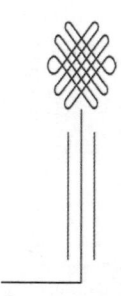

目 录

序 / 李争光 ·· 1

上 卷
岁月的庆典——节日

永恒的约会——清明节 ····························· 4
永远的祭奠——端午节 ····························· 10
永生的美丽——七夕节 ····························· 16
永久的祈愿——中秋节 ····························· 23
永怀的祝福——重阳节 ····························· 29
永世的庆典——春节 ······························· 35

下 卷
岁月的驿站 ——节气

题记　轮回的驿站 ································· 43

立　春	48
雨　水	55
惊　蛰	61
春　分	67
清　明	73
谷　雨	79
立　夏	85
小　满	91
芒　种	97
夏　至	104
小　暑	111
大　暑	118
立　秋	125
处　暑	132
白　露	138
秋　分	145
寒　露	151
霜　降	159
立　冬	165
小　雪	172
大　雪	179

冬　至 …………………………………………… 185
小　寒 …………………………………………… 192
大　寒 …………………………………………… 198

附　卷

二十四番花信词 …………………………………… 204
附：检索备忘录 …………………………………… 213

后　记 …………………………………………… 223
刘宝田作品存目 …………………………………… 226
刘宝田年谱 ………………………………………… 231

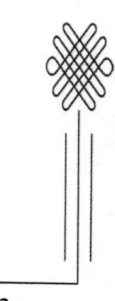

上 卷

岁月的庆典—节日

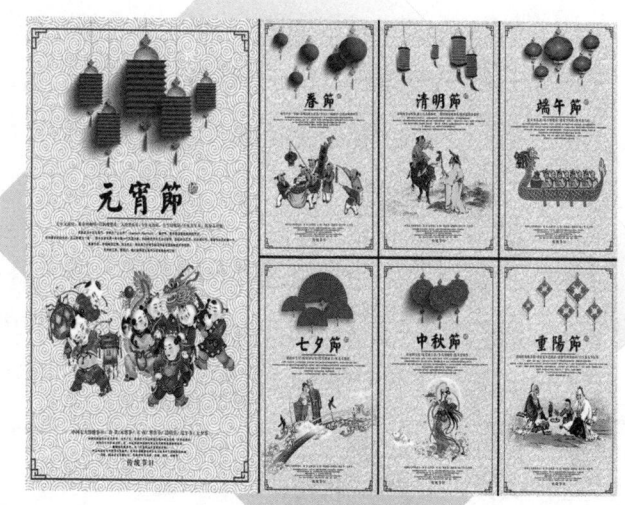

岁月的庆典

岁月不停息地在自己的旅程上行进。行进的旅程中有庄重的庆典。

岁月的庆典是定期的,是人类在漫长的生活中形成而留传的。所以,岁月的庆典其实是人类的庆典。

因为人类是分地域、分民族的,所以岁月的庆典是一个地域、一个民族的思想、精神、风俗、习惯、心理、行为区别于他地域、他民族的集中表现,甚至于是区别于他地域、他民族的最后底线。

清明、端阳、七夕、中秋、重阳、春节,是岁月行旅中最盛大的庆典,也是地球东方这个华夏古国最伟大、最华采的智慧的演绎,它是地球上一种最为灿烂辉煌的文明的载体,也是全人类一种最为悠久永恒的精神的财富。

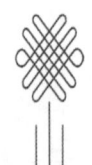

永恒的约会
——清明节

这是一个细雨纷飞的季节。细雨如酥，洒湿了塞北的红柳白桦、窑洞宫墙，洒湿了南疆的古榕木棉、茅檐渔舟，洒湿了中原的烟柳芳草、竹笠簑衣……

这是一个细雨纷飞的日子。细雨如丝，洒湿了一条条阡陌上的路尘，洒湿了提着香烛酒醴喇叭呜呜咽咽的队伍，洒湿了苍翠林木间的一块块墓地的坟头青草……

"清明时节雨纷纷，路人行人欲断魂。"从晚唐杜牧的这两句脍炙人口的诗句传出以后，这纷纷细雨就一直飘洒着，洒遍了大河上下、长城内外、海峡两岸，洒湿了岁月的烟云，洒湿了一代代中华儿女的心灵。每年的这些日子，即使是晴空丽日，我们的心灵也总是风作意，雨断魂，有纷纷的细雨浥浥，我们总是带着细雨洒湿的心情去与先人进行旷世的约会。这是毋须任何人发起，也毋须任何人组织的九百六十万平方公里土地上的盛大约会。年年如斯，节节如斯。即使在陆行不便的水乡，也是"川上画船争载酒，烟中长笛自销魂"（明·袁凯《清明独坐》）。

赶赴这个旷世的约会，有的人很方便，手上挎一个竹篮，出门迤逦三二百米，就到了屋后的坟场，在祖先坟头割除荆

棘、培土植草，洒三杯酒，摆三碟牲，烧一把香，燃一对烛，化几叠纸钱，挂一串青，与先人进行一场灵魂与灵魂的默默对话。有的人就难多了，但即使远隔万水千山，也要跋涉关隘，或者涉过海峡归来，庄重地抬着祭祀的抬箱，缤纷的花圈，踏着一路咿咿呀呀的禅乐的旋律，来到祖先永远歇憩的山坡，点响一团团轰鸣的礼炮，久久地久久地伫立，与先人进行心与心的碰撞、魂与魂的交流。更有人远隔重洋，无法归来，不能赶赴先祖墓碑之前，侍立祈祷，便也在自己寄寓的已作故乡的异域他乡，竖一尊祖宗的牌位，行三跪九叩之礼，加入全民族的这个盛大的约会，寄托自己渗透灵魂的无边眷念。年年月月的这一天呵，凡有华人的地方，天之涯，海之角，都有人赶赴这个旷世的约会，雨打不断，雷轰不止，刀砍火烧、山崩地陷也不能阻隔这场约会。

　　这是一个永恒的约会，滥觞于我们祖先的祖先。西汉文帝刘恒侄儿淮南王刘安在《淮南子·天文训》中曰："春分后十五日，斗指乙为清明。"相传有踏青扫墓之俗。其实，古代的祭祀祖先，有定期和不定期两种形式。定期的祭祀一年有两次，春祭和秋祭。春祭在清明，那是一种很隆重的仪式。记得很小的时候，每到清明，宗祠就要举行一次祭祀庆典。宗祠建在一座临溪的山腰上，林木蓊郁，屋宇深三进，阔五间大厅。届时，全族男丁，不分贫富官民，都要穿上自己最体面的衣服，虔诚地参与这个庄严约会。约会由族中年高德劭者主持，钟鼓沉沉，禅乐齐奏，土排铳连放四十八响，人丁按辈份列成横队，在一片肃穆神秘的气氛中，齐齐浩浩向祖先行跪拜之礼。庙祭之后，纷纷去"放生"，把买来的鸟、鱼放归山林和溪涧。谁家"放生"最多，就传为善举美谈。

我家虽然贫穷，这一天父亲也要买三二条鱼，放进溪中的扶田潭里去。"放生"完毕，一户一丁参与宗祠聚餐，大碗喝酒，大块吃肉，笑语欢谈和猜拳行令之声喧哗，真有点唐代《梦华录》所记载的气氛："清明日四野如市，芳树园圃之间，罗列杯盘，互相酬劝，歌舞遍满，抵暮而归。"也有点宋代戴表元"落日鸦含祭肉飞"，"家家鼓笛醉成围"的韵味。若逢五年、十年一次的大祭，还要请祁阳的大戏班子唱戏，演《目连救母》之类的传统曲目，全族的男女老少一直看到月落星沉才散。秋祭在立秋前后，流传在民间的就是现在俗称的"七月半"。七月半"接老客"回家，也是一种灵魂的约会。小时候我感到奇怪，父母在那几天里餐餐供祭祖先，但我总也没有看到祖先的灵魂。只是到十四日送客的薄暮时分，给老客烧化纸钱和衣冠送行时，看到火灭后焚化的纸灰在晚风中飞扬，迷迷蒙蒙，浑浑沌沌，我总觉得那就是祖先的灵魂在飞舞，纷纷扬扬，向我们生者告别，渐飞渐远。我们黯然告别祖先的神灵，又默默等待下一次的约会。民间如此，君主、诸侯的春秋大祭就另有一番恢宏壮丽的气派了。除了定期祭奠，不论朝廷、宗族、家庭，遇有重大的喜庆或悲壮之事，都会祭祀先祖。宋代欧阳修的《伶官传序》就记载了后唐庄宗李存勖"方其系燕父子以组，函梁君臣之首，入于太庙，还矢先王，而告以成功，其意气之盛，可谓壮哉！"

　　与清明节相连的是寒食节，在清明前一二日。相传是晋文公重耳为纪念功臣介子推而始之。重耳出逃十九年，介子推始终追随效力。后重耳回晋执政，介子推隐于山中，不受封赏。重耳放火烧山逼其出仕，介子推抱树而死。为此，晋文公下令全国禁火三日，只准冷食，是为"寒食"。清明前

6

禁火三天，加上清明共七天，为祭祀期。所以民间挂青有"前三后四"之说。其实，禁火为周朝旧制。《礼记·司烜氏》（周公旦，一说为西汉戴德、戴圣作）云："仲春以木铎修火禁于国中。"唐朝于清明取榆柳之火，赐予迎臣，表示顺应阳气。唐末《辇下岁时记》云：清明时"内园官小儿于殿前钻火，先得火者进上，赐绢三匹，金碗一口。"宋亦如此。所以，宋代苏东坡有"且将新火试新茶"之句。古代清明时节，还有一种"祓除"之习，在每年三月上旬的第一个巳日（上巳），魏以后为三月三日。"祓除"是一种除凶去垢的仪式，群相于水流之中洗濯去垢，纯洁身心。东晋王羲之《兰亭集序》云："暮春之初，会于会稽山阴之兰亭，修禊事也。"禊，就是一种祭礼，此指在三月初，到水边举行消灾求福的活动，极尽"流觞曲水"之乐。唐代杜甫《清明》曰："逢迎少壮非吾道，况乃今朝更祓除"，就是说的这么回事。这些风习，至今已不在民间流布，只有祭祀祖先的约会，生生不息，千古不变。元朝刘因《寒食道中》诗云："簪花楚楚归宁女，荷锸纷纷上冢人。万古人心生意在，又随桃李一番新。"锸，就是锹，用以为祖坟培土，让先人的寝陵无损，灵魂得以安乐。

是呵，年年岁岁桃李新，岁岁年年情依旧，只要"人心生意"常在，这场与先人的约会便会流向永远，没有时间的终点。此刻，我正默默伫立在祖辈的墓碑前，焚化着纸钱。我的身旁，是一位从台北归来的须眉皓白的远房老叔，他也在点燃纸钱。我说："老叔，您今年又回来了。不容易呵！"他说："也方便，坐飞机到长沙，一路水泥路就到了村里。"我说："年事高了，旅途劳顿，要善保龙体呀。"他感慨起来，说："血浓于水呵。年纪越大，就越会想起胞衣之地。"接着，他站起来，黯然吟诵：

　　　　小时候／乡愁是一枚小小的邮票／我在这头／母亲在那头
　　　　　　长大后／乡愁是一张窄窄的船票／我在这头／新娘在那头
　　我知道，这是余光中先生的《乡愁》，便和他一起吟诵起来：
　　　　　　后来呵／乡愁是一方矮矮的坟墓／我在外头／母亲在里头
　　读到这里，他的眼里盈满了泪光，我也有几分感喟欷歔了。我和他焚烧的纸钱的烬片，被风扬起，在纷纷细雨中旋飘浮沉，我又像儿时一样，几疑眼前是先人的灵魂在鲜活地翔舞，让人的思绪飞得很远。我们曾经在苦难的阴霾里与先人约会了几千年，而今是在一代代先人用汗水泪水血水苦水浇灌出鲜丽的智慧之花文明之花品格之花繁荣之花的曾经是东方茫茫荒原的这片春光明媚的家园里与先人进行安乐欢娱和思念殷殷的灵魂对话，明天将在民族复兴的壮丽辉煌里与先人进行心灵抵达心灵的欣然告慰。是的，不管生命的舟帆，如何驶向烟波浩渺的远方，它的根始终扎在故山的黄土地中，它的精神始终附丽在先人的灵魂里。死者已矣，薪火长传，我们的血液里，永不褪热的是五千年华夏文明的灿烂光焰；我们的生命里，永不泯灭的是五千年列祖列宗的绵绵精神。我们与祖先进行的比世界上一切约会更情深意长刻骨铭心的约会，有源头可溯，却没有尽头可寻，年年岁岁，青山不改，绿水长流，直至海枯石烂，地老天荒………

永远的祭奠
——端午节

又见粽子,又见粽子……

又见龙舟,又见龙舟……

又是"士尚三闾俗"(唐·张说)、"万古传闻为屈原"(唐·文秀)的端午祭奠。

端午原本是古代南方"百越"族举行图腾祭的节日。他们生活在水乡,断发纹身,自比是龙的子孙,每至端午,便举行神秘而隆重的祭祖庆典(见闻一多《端午考》)。公元前278年,秦军攻占楚国京都,楚三闾大夫屈原目睹国破民辱,痛不欲生,挥笔留下绝笔之作《怀沙》,于五月五日抱石自沉汨罗江中,以高贵的生命谱写了一曲壮烈的爱国主义乐章。相传屈原沉江,楚国百姓哀痛异常,纷纷划船前去拯救。拯救不得,便争先恐后打捞他的真身。打捞不得,便把饭团、鸡蛋卜通卜通投进江里,喂饱鱼虾鳖蟹,以免它们啮噬三闾大夫。从此,每到这个日子,人们便纷纷争渡江中,投以饭食,祭奠英魂,一个普通的民俗节日便慢慢演变为含有特殊意蕴的全民族的盛大祭典,代代相衍,传留不息。东汉应劭《风俗通》记载说:"五月五日以五彩丝系臂者……因屈原。"

这说明至迟在汉代,端午祭奠屈子已成风气。

端午的古风习原本很多很多,有悬艾、插蒲、斗草、浴兰、射圃、系彩、涂臂、佩香囊、赠朱索、贴赤符、采术、蓄药、烹鹜、菹龟、蒲酒、枭羹,等等。但经过岁月流水的淘洗,许多风习都已渐远渐淡,以至湮没无闻,只在有关典籍上留下一抹历史的忆痕。唯有与祭奠屈子紧密相系的食粽和竞渡,却与时演进,蔚为大观。

每年的这个时节,无论静处偏僻的村寨,还是寄身喧闹的城镇,无论蜗卷一帘幽雨的窗内家居度日,还是策杖无边晴岚的旅途浪迹江湖,迎目而来的都是粽子、粽子。我常常觉得像鱼在波光里翩翩漂流一样,在粽子的河谷里穿行,在淡淡的粽香中浮沉。无论在哪里,总有人把一碟粽子摆到我面前,或者把一串粽子塞进我掌中:"尝尝,香着呢。"如果我有谢绝的意思,马上就被堵住:"这时节,哪有不吃粽子的。"是呵,端午食粽,是我们这个民族祖祖辈辈的约定。我们这个长江黄河般源远流长的民族呵,文化积淀已沉沉如高天厚土,许多物质和行为的意义已远远超出其本身,而成为一种全民族的心理认同,自然衍生拓展为一种千百万人投身的洋洋洒洒的独特民族风景线,而光彩烨烨闪熠在这道风景线之上的是一种庄严、崇高的心灵取向,一种伟岸、高贵精神。这是我们民族文化魂魄的深厚之美、磅礴之美、狂狷之美、浩然之美、永恒之美。即如一枚小小的粽子,亦已成为龙的子孙精魄的载体,绵绵传承,熠熠闪光,深入中华文明的骨髓。南朝梁代吴均《续齐谐记》云:"屈原五月五日投汨罗而死,楚人哀之。每至此日,竹筒贮米投水祭之。汉建武中,长沙欧回白日忽见一人,自称三闾大夫,谓曰:君当见祭，甚善。但常所遣，苦为蛟龙所窃。今若有惠，可以楝树叶塞其上，以五彩丝缚之。此二者蛟龙所惮也。回依其言。世人做粽，并带五彩丝及楝叶，皆汨罗之遗风也。"在后人的心中，一切执著于高尚的人是永生的。一切与永生者有关联的物质是不灭的。不惟不灭，而且会如涓流般发展成浩浩江河，流向永远。《风俗通》记载："以菰叶裹粘米、枣、栗，以灰汁煮，令熟。"证明汉代就已出现了用草木灰水浸泡的碱水粽。晋代，粽子被正式定为端午食品。西晋周处《风土记》云："仲夏端午，烹鹜角黍。"角黍就是牛角形的黍米粽。南北朝时期，粟米中还掺杂板栗、赤豆、肉类、药材等物，"益智粽"就是粟米中掺了中药益智仁。"大唐粽子"更有讲究，用米"莹白如玉"，锥形、菱形，花样翻新。唐玄宗李隆基《端午三殿宴群臣》诗中说的"四时花竞巧，九子粽争新"的九子粽，就是上大小下的九只粽子连成一串，并用九种颜色丝绦扎成，五彩缤纷，触目为美观，纳口为美食。元稹"彩缕碧筠粽，香粳白玉团"，吟赞的是笋叶彩饰糯米粽。粽馅也各各有异，且富地方特色。北方多枣粽、松子粽、胡桃粽，南方多豆沙粽、火腿粽、蛋黄粽。美色美味，于是流传到东亚、南亚各国。宋代，粽又出新。苏东坡《端午帖子词》中"时见粽里觅杨梅""水团冰浸砂糖裹"，咏的是果粽和糖粽。元代舒桢"碧艾香蒲处处忙"，说的是艾叶粽。清代董元恺"紫丝楚粽，巧借针线缝"，描述的是绫罗包裹、针线缝合的粽子。清人还有食粽的谜语："三角四楞长，珍珠里面藏。欲尝其中味，解带脱衣裳。"至于粽联、粽话，更是烟雨葱茏，机趣万方。这些看似与屈子无涉，其实盖滥觞于纪念诗人的文化传承。谁教我们处于文化积淀丰沛如春云夏雨的泱泱之邦呢。当然，

在我们的文化传承中，更有一种与屈子一脉相承的精神：一边吃着皇上御赐之粽，一边想着"东南米价高如玉，江淮饿莩千家哭"，从而发出"君门大嚼心岂安"，"救时无术真素餐"（明·庄昶：《端午食赐粽有感》）的感喟，应当说是传承了屈子忧国忧民的情怀。

　　比之食粽，竞渡更具祭奠庆典的隆重气氛和壮丽色彩，更显示出悠久性的凝聚力和群体性的震撼感。竞渡起源于屈子故里。南朝梁代宗懔《荆楚岁时记》曰："午日竞渡舟楫，拯屈原也。其舟轻，谓之飞凫。"此风很快在江南水乡传开，江浙一带尚有张灯结彩、来往穿梭的"夜龙船"之风采。贵州苗族同胞则在五月举行"龙船节"。渐次，风染塞北关西、海峡两岸。1736（乾隆29）年，台湾知府蒋元君在台南法华寺半月池主持龙舟赛，开启了台湾端午竞渡的风习。在传承的过程中，场面之盛、气势之浩常激励文人墨客形诸笔端："桂舟始泛，兰櫂初游""弦管相催，兹辰特妙"（唐·骆宾王《扬州看竞渡序》）。"画作飞凫艇，双双竞拂流。炫装山色变，急櫂水华浮""鼓发南湖溰，标争西驿楼"（张说《岳州观竞渡》）。"竞渡传风俗，旁观亦壮哉！櫂争飞鸟疾，标夺彩龙回。江影浑翻锦，欢声远震雷"（宋·郭功父《龙舟竞渡》）。这些，皆可谓述一时之胜。风气之盛，波及皇宫之中："蓬莱宫中悬艾虎，舟满龙池竞箫鼓"（庄昶）。年年盛况，节节胜景，外国友人也按捺不住，越南、朝鲜、日本，乃至远在欧罗巴的英吉利，都先后上演端午龙舟竞渡的华夏活剧。于是，龙舟竞渡成了国际性的活动。1991年端午节，屈子第二故乡——湖南岳阳市举办了首届国际龙舟节，将"龙头"抬入屈子祠内"上红"（披红带）、"开光"（点睛），宣

读祭文，60余万中外人士三鞠躬后将龙头抬向汨罗江，奔向竞渡赛场，欢声雷动，盛况空前。我想，"高余冠之岌岌兮，长余佩之陆离"的屈子在云端俯瞰，定会有几分"沾余襟之浪浪"（皆见《离骚》）的感喟与欣慰吧。

　　我曾不知多少次"今朝寂寞江边卧，闲看游船竞渡归"（明·高启《端阳写怀》），领略过竞渡的壮怀异彩，但记忆中挥之不去的是一次为拍竞渡风采而驾一叶扁舟追逐龙舟的情景。8条刻饰如龙的五彩长舟，在资江江面一字儿排开。每条舟上，24个青壮大汉坐成两列，个个黄巾青帻，斜披红菱，臂肌熠熠变幻着铜釉的光泽，双手攥着丈二长浆，严阵待发。两岸观者排排相拥，如墙如垛；彩旗飘飘，如霞如云。在欢声如雷中，土排铳轰然响起。待第8响啸然破空，8条龙舟像飞矢离弦射出，争先恐后，划乱满江映彩的红波，摇荡着我尾追的扁舟。江风将水沫洒遍了我的全身，将潮润浸湿了我的呼吸，小舟带着我轻快如风的飞航，我几疑不是在地域之河上踏波前进，而是在岁月的流波上溯行。我突然觉得，屈子与我们同居在一条河上，一条时间之河、文明之河上，他在上游，我们在下游。年年端午，我们都溯时间的沧浪之水去拜谒、祭奠他，与他进行灵魂与灵魂的千古对话，请他对我们灵魂进行旷世拷问，直至永远……

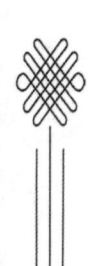

14

永生的美丽
——七夕节

　　七夕,东方这块古大陆的一个美丽的节日,给爱情这个十分古老而又永远鲜活的话题涂上了一层神秘的色彩。
　　一切神话都摇曳着现实的投影。"天河之西有星,煌煌与参俱出,谓之牵牛。天河之东有星,微微在氐之下,谓之织女。世谓之双星。"(清·康熙钦定《渊鉴类函》)"七月七日织女当渡河","暂诣牵牛。世人至今云:织女嫁牵牛也。"(《续齐谐记》)"织女七夕当渡河,使鹊为桥"(《渊鉴类函》)。两星遥隔银汉,其爱情故事都是"世人"心中块垒的附丽。人人都珍重那一份纯真诚挚的爱。那是人类最强烈的激情浇灌的一片心灵伊甸园,生长着茵茵芳草、青青树林,开放着姹紫嫣红的花朵,流淌着清澈迷离的小溪,弥漫着温馨甜蜜的气息。那是一种心有灵犀的精神呼唤,不用语言,不用文字,甚至不用声音,不用目光,而纯粹是用心感知的细微而深切的相互理解和深沉默契。那是隐秘在重重心之帘幕背后的两性间的羞怯、倾慕、诱惑、吸引,以及无微不至的关切、呵护和纯洁神圣的付出、奉献。可惜世事的坎坷、人生的桎梏,常常使这份初愿"山无陵,江水为竭,冬雷震震,夏雨雪,天地合,乃敢与君绝"(清·沈德潜《古诗源·上邪》)的美丽遭遇尴尬,演成悲剧,甚至堕入毁灭。霸王虞姬同饮一剑"奈若何"(古诗源·《垓下歌》),杨玉环"玉颜空死""马

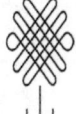

嵬坡"（唐·白居易《长恨歌》），李清照"凄凄惨惨""憔悴损"（宋·《声声慢》），陆放翁"锦书难托""错错错"（宋·《钗头凤》），刘兰芝焦仲卿魂化"鸳鸯""相向鸣"（《古诗源·孔雀东南飞》），白素贞"雷锋塔下镇残生"（现代·吴家骝导演《白蛇传》），梁山伯祝英台"泪染双翅化彩蝶"（现代·黄沙导演《梁山伯与祝英台》），林黛玉心死"焚稿断痴情"（清·曹雪芹《红楼梦》）……都令人扼腕锥心，仰天长叹！于是，人们把天长地久的坚贞和美丽寄托于神话传说，让自己心造的幻影来圆自己现实中难圆的梦。

　　但神话超越不了现实的残酷，心造的梦总也不圆，牛郎织女也颇多凄婉。"云汉弥年阻，星筵此夕同"（唐·李乂《七夕应制诗》）。一年一会，何期太少；一夕之短，何期太促！真是"怅怅一宵促，迟迟别日长"（晋·苏彦《七月七日咏织女》），"促欢今夕促，长离别后长"（唐高宗李治《七夕宴元圃诗》）。因此，唐代崔颢感叹"此夕愁无限"（《七夕》），同代孟浩然质疑"谁忍窥河汉"（《他乡七夕》），而明代李流芳更为直露地吟唱"徘徊望牛女，愁绝向中宵"（《白门七夕》）。欧阳修则将上述种种情愫融于《渔家傲》中："一别经年今始见，新欢往恨知何限！天上佳期贪眷恋，良宵短，人间不合催银箭。"于是，人们想以自己的美好愿望填补天上人间的缺憾。"愿天上人间，占得欢娱，年年今夜"（宋·柳永《二郎神》）。"惟愿取年年此夜，人月双清"（明·高则诚《琵琶记》）。而唐代王湾却更为现实："今年七月闰，应得两回归"（《闰七月七日》）。苏东坡不愧为大师，眼界更高一等，超脱于世俗的卿卿我我，注重形而上的精神默契和坚贞不渝："相逢虽草草，长共天难老"（《菩萨蛮》）。他的门生秦观则把这种永生的美丽发挥到极致，留下了脍炙人口的《鹊桥仙》：

　　　　纤云弄巧，飞星传恨，银汉迢迢暗渡。金风玉露一相逢，便胜却人间无数。　柔情似水，佳期如梦，忍顾鹊桥归路。两情若是久长时，又岂在朝朝暮暮！

这是这个星象神话的绝唱！它道出了"两情"的无限依恋和惆怅，更礼赞了爱情的无比纯洁和坚贞！它揭示了双星神话蕴蓄的特有思想光辉，使亿万斯年相望相守的双星成为爱情永恒的象征，也使人间离别者和纯情交臂而过者得到巨大的心灵慰藉和精神鼓励！

我的发小金君，向我倾诉过一段情感经历，让我至今不能平静——

大学毕业那期，我们到一所著名中学实习。我是实习小组组长，校方给了我一枚教导室的钥匙。教导室在校园一角的玉兰园里，青翠如盖的枝叶之中，点缀着一朵朵洁白雅丽的玉兰花，幽香沁人心脾。我在这儿召集同学的小型会议，更喜欢在全校午睡或者夜晚的时候，独自呆在那儿搞点自由活动，看点书，写点东西，或者洗洗衣物。有时，什么也不做，斜倚在椅子上，闭目养神，深深呼吸清风送进来的芬芳。一天中午，我正坐在门边搓洗脸盆中的衣服，突然眼前一暗，我抬起头来，语文科代表夏莲悄悄立在我的面前。她人如其名，一袭白色的连衣裙，有如夏日的雪莲，又似枝头玉兰，娴静而素雅，学院里不乏追求的男士。但她总是优雅地一笑，谁的信也不拆，谁的话也不回，高深莫测。渐渐地，就被人敬奉上一顶"冷美人"的桂冠。但她学习刻苦，成绩优秀，待人友善大方，同学对她大多敬而远之。我也一样，与她接触颇稀。只是遇有学习上的疑难，她常找我讨论。意见不合，争得面红耳赤。记得因庄子的以"五石之瓠""为大樽而浮于江湖"，我们还在校刊上打过一回笔墨官司。我赶紧请她进门坐。她却慢慢走到我面前，右手攥着一枚带线的针和一

岁月的驿站·上卷

粒白色钮扣，左手缓缓地捏着我身上衬衣的第二颗钮扣处，喃喃细语："你看，扣子掉了也不知道。"说着，便一针针缝缀起来。她此举像电击一样震颤着我的灵魂。但我还是大咧咧地说："没关系的。"她幽幽地说："明天，你要代表我们上公开课，这小城有一百多名中学教师要来听课呵。我高中的语文教师也要来呢。"她是这小城的人，就在这儿高中毕业，这消息当然是真的了。我说可以穿另外一件的，她盯着我："穿这件吧，气质好些。"我又遭了一次电击，因为我从来没有想过这个问题。正无言以对，她突然颤声嘤嘤："听说你结婚了？"我有点愕然，只能点头称"嗯"。良久，她叹息一声："怎么这么突然呢？"我能说什么呢？寒假回村，父亲患水肿病不能行走，母亲胃溃疡呕血瘫倒在床，经人说合，娶了邻村一位姑娘侍奉，我才能来上学呵！她什么也没说，眼中已是珠泪晶莹。我已不能自已："为什么不早一点说呵！"她也已经不能自持，伏在我的胸前啜泣起来："我是想等毕业呵……天意，我没有她那份福气。"

　　实习期间，她陪我转遍了小城的大街小巷。她知道我喜欢甜点，天天请我吃一份小城的白砂糖糯米饭（她的父母、哥哥都有工作，手头比我宽裕）。每天中午给我洗衣，我拒绝她就生气。她说："我有两个哥哥，你做我的三哥吧。"临分配时，她征求我的意见："我到你的家乡去吧。"我很感动，也很珍惜，但我不能伤害她，也不能伤害妻子。"回你的父母身边吧，你的母亲很爱你。"她忧郁地问："你知道？""当然。否则，就不会让我到你家中作客，不会带着我们拍一幅三人照。那是给你留的纪念呵。"她点点头，泪光盈盈："可惜她老人家也没有那份福气。"

　　从此，天各一方，鱼雁往还。她称我"三哥"，我称她"莲妹"。谈人生，谈理想，谈学习，谈工作，争问题，析疑义，缄口

19

不谈牵挂和感情。三年后，家庭给她相了个对象，她征求我的意见。我能说什么呢？几句空话而已！重品格，要心地善良；重性情，要温和体贴；重情趣，要有共同语言。可惜此信一去，再也没有回音。后来，我又去过一信，以"查无此人"退回。于是，鱼沉雁渺，茫无所知。

叹了口气，心情很沉重。良久，他告诉我，25年以后，莲突然来看他。一开门，妻就认出了莲。因为他的那点事早就告诉了妻，妻从照片上读熟了她。同样，他一回家，莲的先生龙君就直呼他的名字。而且告诉他，读到他最后那信，莲就进了"牛棚"，以后又调离了原地。恢复工作后，写过信给他，也以"查无此人"退回。后来在省报上看到他的文章，托人打听才找到他。"20多年了，她心里放不下的就是你。"龙君说，"我陪她来看看你，让她放心。"他很感动，深表谢意。于是，他按照妻的安排，请了假，陪他俩踏遍了自己工作的城市，妻则当好"厨娘"，款待她说的"稀世贵客"，与莲俨然同胞姐妹。三人行时，龙总要落下二三十米。莲说："他是想让我们叙叙旧。"临别时，莲悄然说："你有福气。姐很贤慧，我放心了。"一股热浪扑上他的心头，他泪盈双眸："你也有福气。他这样善待你，我这颗心也安稳了。"

我欷歔无名。这是一个绝真版的东方纯情经典。经典中的人物是凡人，也是圣人。没有耳鬓厮磨，须臾聚合，却有心心相印的相守，永生的美丽。没有妒嫉猜疑，却有关切呵护的善良，永生的忠贞。他们纯贞无邪的感情是一泉清澈晶莹的圣水，可以为世俗浑浊的情爱天空洗出一片蔚蓝，美丽得令人神伤。也许，极致的美丽总有某种缺失吧，所以我总为金和莲感到几丝遗憾。这正如人们为圆梦编构了七夕的神话，而神话依然凄婉得令人黯然一样。

因而，人们转而向自己营造的神灵祈祷。祈祷表达了

一种普遍的心愿，就必然聚合为一种千百万人的行动。而千百万人自觉反复的行动，自然就成了一种民俗风习。这种风习如果有确定的时日，自然就是民俗节日了。"七巧"就是这样出现的吧。"七巧"者，"乞巧"也。人们在双星"相逢"的七夕，"洒扫于庭露，施几筵，设酒脯时果，散香粉于河鼓"，"乞富乞寿，无子乞子"（《风土记》）。"七夕妇人结彩缕，穿七孔针"，"陈瓜果于庭中以乞巧"（《荆楚岁时记》）。"天阶夜色凉如水，卧看牵牛织女星"（杜牧《秋夕》）。有幸者乞幸永，不幸者乞有幸，更有乞来生者。杨贵妃独侍唐明皇，凭肩密语相誓，愿世世为夫妇。故《长恨歌》云："七月七日长生殿，夜半无人私语时。在天愿作比翼鸟，在地愿为连理枝。"漫漫的社会进程给了妇女诸多的不幸，所以乞巧风俗闺中为盛。我想金与莲一定也向双星祈求过来生吧。时下有人称七夕为"东方情人节"，其实大谬不然，难道含蓄蕴藉的风韵不比赤裸直露的俗白更深沉，更美丽吗？！

愿有情人美丽长存。

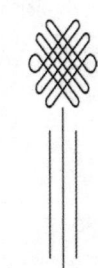

永久的祈愿
——中秋节

　　不惑之年是在密州（山东诸城）度过的。那是一段艰辛而美好的时日。虽是"桑麻之野"，"斋厨索然，日食杞菊"，但仍"修补破败"之亭园，与友人"游于物之外"，"餔糟啜醨"，"安往而不乐"（《超然台记》）？这一夜，圆月当空，银芒泻地，诗友"欢饮达旦"，悠然"大醉"（《水调歌头》）。只是胞弟已七年隔阂，现虽近在齐州（济南），月圆之时人却不圆，思念良深，意绪翩翩不能自已。于是，铺笺挥毫，酣畅淋漓而寄兴会：

　　　　明月几时有？把酒问青天。不知天上宫阙，今夕是何年？我欲乘风归去，又恐琼楼玉宇，高处不胜寒。起舞弄清影，何似在人间！　转朱阁，低绮户，照无眠。不应有恨，何事长向别时圆？人有悲欢离合，月有阴晴圆缺，此事古难全。但愿人长久，千里共婵娟。

　　天人交融，宏阔玄奥，澄澈空灵，情意绵邈而旷达禅明。后人赞叹"中秋词，自东坡《水调歌头》一出，余词尽废"（宋·胡仔《苕溪渔隐丛话》），良有以也。这是"丙辰之秋"（1076年）"兼

23

怀子由"之作。千载以下吟诵,美好的祈愿,犹发人无边幽思。

　　别离是古人常常遭遇的痛苦。不息的干戈逼人离别。"秦初略扬粤,汉世争阴山"(南朝·宋·颜延之《从军行》)。"五子远关去,五妇皆怀身"(魏·左延年《从军行》)。拓疆戍边,朝朝代代。于是,"去时里正与裹头,归来头白还戍边"(杜甫《兵车行》);"可怜无定河边骨,犹是春闺梦里人"(唐·陈陶《陇西行》)。生离死别,岁岁年年。世俗的名利诱人离别。"抱玉三朝楚,怀书十上秦"(唐·郭问《途中》);"空弹冯氏铗,莫济范睢贫"(明·王廷陈《送唐生》)。为求一官半职,远游干谒,背井离乡。及至出仕,又浪迹宦旅,颠沛清寂。又有一种豪士,仗剑侠游,意气干云,"朝游雁门上,暮还楼烦宿"(南朝·宋·鲍照《拟古》),重义轻生,漂泊江湖。还有"商人重利轻别离"(白居易《琵琶行》),"十年音讯隔,安否不得知"(宋·林景熙《商妇吟》)。无奈的贬谪更强人离别。"知汝远来应有意,好收吾骨瘴江边"(唐·韩愈《左迁至蓝关示侄孙湘》),"七千里外二毛人,十八滩头一叶身"(苏东坡《过惶恐滩》)。忧愁煎迫,惨惨凄凄。古代的交通不便,信息阻塞,长别离的心灵烙下了旷古阴影。

　　长别离的寂寞,将心灵煎熬成一片深邃的沙漠,焦燥干涸,黄尘弥漫。情感甘露的滋润才能绿化沙原,氤氲生机。于是,渴求团聚的欢愉。团聚是稀世灵芝难以摘取,思念便生长成萋萋芳草,铺地连天,万古凄迷。"寄身虽在远,岂忘君须臾"(魏·徐干《室思》)。千般无奈,且将问候聊以慰藉。但"佳人持锦字,无雁到辽西"(唐·崔道融《春闺》)。问候难达,关切更甚。欲制寒衣,"长短只依原式样,不知肥瘦近如何?"(明·叶正甫妻镏氏《寄君》)制好以后,又不知"寒

24

到君边衣到无？"（唐·王驾《古意》）一切都在渺茫之中，自然魂牵梦绕。"独倚画屏人不会，梦魂才别戍楼边"（唐·刘兼春《怨诗》）。梦残难堪，愁待天晓，幽怨的种子便钻破痛苦的冻土茁壮抽芽。"悔教夫婿觅封侯"（唐·王昌龄《闺怨》），便成为一种普通的心态。特别在月圆之夕，"思君如满月，夜夜减清辉"（唐·张九龄《自君之出矣》）。"只因明月见，千里两相思"（杜牧《偶题》）。同样，月明之夜，游子也倍增思亲之情。"一时回首月中看"，"一夜征人尽望乡"（唐·李益《从军北征》、《夜上受降城闻笛》）。这种情愫依依萦绕，穿越岁月的风尘，牵系着中华民族的灵魂，弥漫着浩如烟海的典籍。

　　这样，一个表达全民渴望团圆的节日应运而生。这应当是一个天随人愿的日子，天要圆，象征人圆。这当然莫过于月圆之日了。但春则暗云掩闭，"冬则繁霜大寒，夏则蒸云大热"（唐·欧阳詹《玩月诗序》），唯"八月十五日""月色倍明于常时"，又"三秋恰半，故谓之中秋"（宋·吴自牧《梦粱录》），高洁无云，圆月朗灿，最恰当不过了。但像端午最初并非为祭奠屈原一样，中秋最初也并非为祈求团圆。"天子春朝日，秋夕月，朝日以朝，夕月以月"（《礼记》），是古代帝王祭月的节期。八月十五日相对于二月十五的花朝而言，称为"月夕"，后来衍演而为民间祈愿亲友团圆的节日，又因游子别离，闺中盼归，称为"女儿节"、"团圆节"。《武夷山记》（《渊鉴类函》）泄漏了此中春光："玉皇与太姥魏真人、武夷君建幔亭彩屋，是日（八月十五）与乡人宴饮。曰：'汝等皆吾之曾孙也。'"有趣的是，神仙也乐于亲人团圆。为了团聚，"中秋夕，贵家结饰台榭，民家争占酒楼玩月。

岁月的驿站·上卷

25

笙歌远闻，市里嬉戏，连坐至晓"（《渊鉴类函》）。同时，还有"绳梯取月"（唐·张读《宣室志》）置于怀中，以示拥有团圆的神话，以及投镜祈愿团圆的风习："八月十五日为中秋节，三公以下献镜及盛露囊"（《渊鉴类函》）。取月虚妄，投镜麻烦，后世以圆饼（月饼）代镜，赠送祝愿，并把"团圆"吃到肚子里去。宋代时，中秋节习大盛。至明清，已与春节齐名。时至今世，逢太平年月，聚多离少，分饼赏月，举杯啸歌，多了一些祝贺而少了几许祈求，喜庆渐次代替了幽怨，千百代人的愿望日逐圆融，真是人间幸事。但因国事和生活的需要，"海上生明月，天涯共此时"（张九龄《望月怀远》）的境况还常会发生。不过，虽然"月在异乡看"（明·欧大任《夜月》），但"客去客来天地老，潮生潮落古今愁"（宋·萨都剌《登金山雄跨亭》），"蝴蝶梦中家万里，杜鹃枝上月三更"（唐·崔途《旅怀》）的幽叹已成为稀世之音了。因为几行信息，可以互通款曲；一个电话，可以共诉呢喃，甚至可以同睹容颜。心灵得到情感浇泽，就会春暖花开。何况海陆空通道神速，"佳期旷何许？望望空伫立"（孟浩然《秋宵月下有怀》），"二十四桥人望处，台星正在广寒宫"（秦观《中秋月》）的祈盼无期已是虚妄的神话了。

毕竟人是万物灵长，精神的滋养有着超乎形而下的力量和意义。我的一位前辈乡贤曾任赖文光太平军的大旗官，随军进驻"天京"。后败于福建长汀，避匿山林，昼伏夜出，草行露宿，赶在中秋之夕潜回家乡，与亲人团聚。因为他深深知道，亲人知太平军败，定然为他望眼欲穿。团圆之节团圆，能慰亲人渴望，以解锥心之痛！反之，如果心灵不能共通，即使团团聚会，又何能圆圆融合。康熙晚年，极盼家人和睦团圆。一个中秋，在御花园摆开三十余席，团聚赏月。园中

岁月的驿站·上卷

26

彩绸结棚,宫灯装点,丝竹袅娜,火树银花,极尽富贵风流。但皇子们为了争宠夺嫡,各怀鬼胎,先是谈笑间,暗藏机锋,互相中伤;接着巴掌相向,击盏撞椅,恶相百出,凶态毕露,吓得太监们"脸色焦黄",气得康熙咆哮"存心叫朕不快活",将出头闹事者杖责囚禁,团圆之宴演成分裂闹剧(二月河《乱起萧墙》)。可见,形式的团聚实易,而心灵的契合弥足珍贵!因此,"阴晴圆缺"乃属天道,自然之数罢了;"悲欢离合"亦属常情,应当旷淡对之。而"但愿人长久,千里共婵娟"这个对人世间友人、亲人、情人的美好祈愿确实是团圆节,也是人与人之间的永久绝唱!

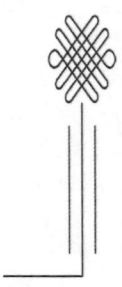

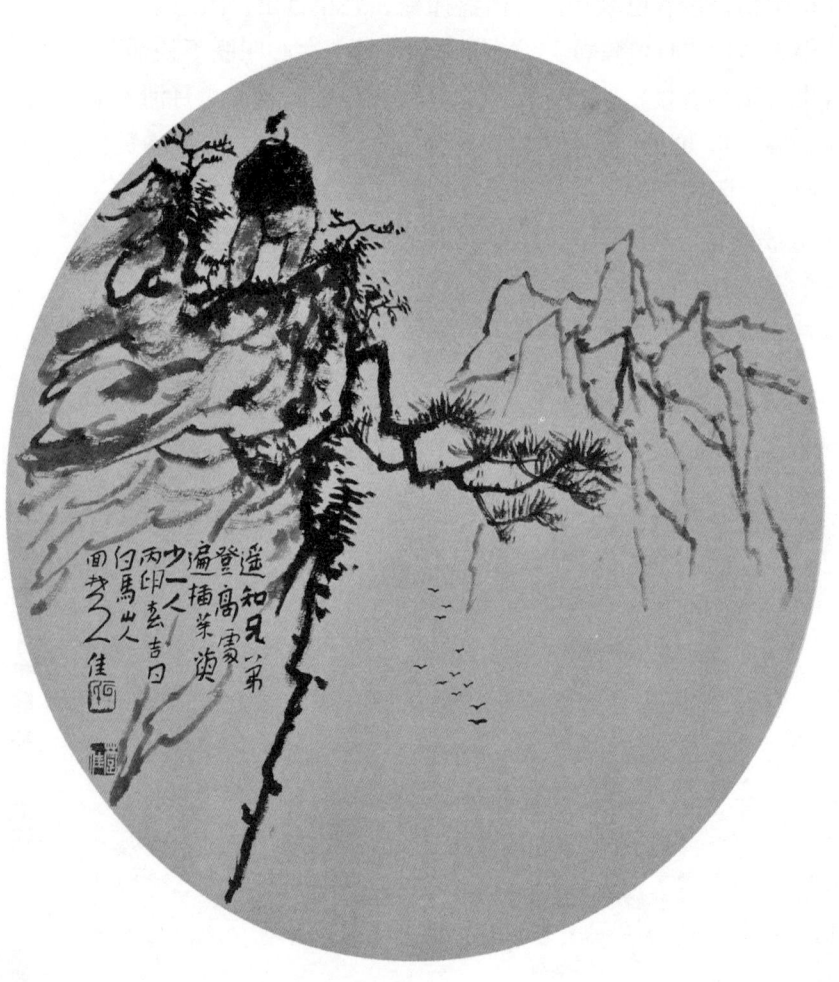

永怀的祝福
——重阳节

登高去!

仲秋的垂天之翼拍动泼眼的西风,从岁序的深处翩翩而来,溽暑的炎威敛息避匿,而冰浸的寒冬还在北缘的极地酣睡未至,秋朗气爽,正是登高的好时候。来,背一壶清泉滋润攀登之焦渴,持半节竹拐扫开岭头之云雾,"携壶酌流霞,搴菊泛寒荣"(唐·李白《九月九日》),登高去!

登高是一项健身活动,利于健康长寿。魏文帝曹丕《与钟繇书》曰:"九为阳数,而日月并应,倍嘉其名,以为长久。"当然,为"长久"计,还有许多活动。《晋书·孟嘉传》(唐·房玄龄)曰:"九月九日温游龙山,参僚毕集。"《景龙文馆记》(唐·武平一)云:"九月九日中宗幸临渭亭",又"幸慈恩寺登浮图"。《集异记》(唐·薛用弱)记载"明皇重阳日猎于沙苑"。《隋唐嘉话》(唐·刘𬩽卿)中记叙"九月九日赐王公以下射中鹿"者赏"第一"。游山、登塔、猎射,都利于健康。

为了健康,还佐以食物、药品。汉代刘歆《西京杂记》云:"九月九日佩茱萸,食蓬饵,饮菊花酒,云令人长寿。"

29

茱萸是著名中药，实腴香异，别称枣皮、萸肉，补肾扶肝，平胃止呕，散热镇痛，逐风祛寒，杀虫消毒。古人于重九以茱萸插发，缝茱萸囊佩臂，"辟除恶气，而御初寒"（《风土记》）。唐代王维由"兄弟登高处"想到"少一人"，转而祝福兄弟"遍插茱萸"（《九月九日忆山东兄弟》）。蓬饵，就是香蒿制成的糕饼，可以疗疾健体。至于菊花，更有芳香祛寒，明目醒神之功。魏武帝曹操《与钟繇书》曰："九月九日、草木遍枯，而菊芬然独秀"，是为劲健之物。所以，孟浩然享用了朋友的"鸡黍"，还预订"待到重阳日，还来就菊花"（《过故人庄》）。唐代沈佺期《九日》云："魏武颁菊蕊，汉武赐萸囊"，君主也以赐菊、赐萸以示关心近臣。"茱萸赐朝士，难得一枝来"（杜甫《九日》），更表达了"朝士"对"赐萸"的看重。同时，桔熟于九月，《说宝》（《渊鉴类函》）记载"唐太宗于此日在蓬莱殿赐群臣之桔"。而酒乃稻粱之曲，活血舒络，佐以菊花，寒近而饮，更是重阳的一种风俗。大历十才子之一的耿湋《九日》透露了此中情怀："更望樽中菊花酒，殷勤能得几回沽。"宋代王安石此情更浓三分："应须绿酒酬黄菊，何必红裙弄紫箫"（《九日登东山寄昌叔》）。如果无酒，则望有酒。"陶潜尝九月九日无酒，宅边东篱下菊丛中摘菊盈把，坐其侧。未几，望见白衣人至，乃王弘送酒也。即便就酌，醉而后归"（南朝·宋·檀道鸾《续晋阳秋》）。唐代杜审言《九日》诗中"降霜青女月，送酒白衣人"，记叙了赠酒的风气。即使无人送酒，也须一醉。杜甫"每恨陶彭泽，无酒对菊花。如今九日至，自觉酒须赊"，可见就菊畅饮对于重阳节的重要。而且，这种种风俗对于保

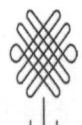

健长寿的灵异被传得神乎其神。《续齐谐记》就记载了这样的故事:

> 汝南桓景随费长房游学。累年,长房谓之曰:九月九日汝家当有灾厄。急宜去,令家人各作绛囊,盛茱萸以系臂,登高饮菊花酒,此祸可消。景如言,举家登山。夕还家,见鸡狗牛羊,一时暴死。

于是,"世人每至九日登山,饮菊酒,妇人戴茱萸囊是也。"传说给九日的风俗涂抹了一层神秘的色彩。

而且,古人早就懂得,长寿健康是一项系列工程。除了登山游猎以事锻炼,开展各种药食辅助活动,还有很紧要的一条,就是要心灵愉悦。《孟嘉传》云:"嘉为桓温参军",重阳随温出游,"有风至,吹嘉帽堕地,不觉。温谓左右及宾客勿言,以观其举止",就是以落帽为戏,以期大家欢娱,愉悦身心。后人仿之,亦以为乐。孟浩然《九日》云:"登高闻故事,载酒访幽人。落帽恣欢饮,授衣同试新。"其中还说到九月授衣,以御初寒之俗。朝廷在九日常常游宴嬉戏,以求君臣同乐。南朝梁刘苞《九日侍宴乐游苑正阳堂》云:"立乘争饮羽,倒骑竞纷驰","云飞雅琴奏,风起洞箫吹",极尽游戏欢娱之能事。民间"九月九日,士人并集野饮宴",共相欢乐(《荆楚岁时记》)。这种重阳以求健康长寿为主题的风俗在魏时已经定型,以后愈传愈盛,唐宋蔚为大观。

少小不知登高事,年来反觉兴会长。这倒不是我为求长生永年,而是在登高的旅程当中,常常忆及、谈及,或触及种种久远的故事,有一种一步一步深入华夏民族文化丛林的感觉。比之攀登途中葱郁的林木,华夏文化更显得丰厚深邃。

如果登高途中，有人文景观的辉光照眼，这种感觉会来得更加直接和强烈。我曾登过泰山、孔庙、中天门、南天门、天街，每一步都踏入华夏文化的深邃里；我曾登过峨眉、雷洞坪、清音阁、接引殿、金顶，每一程都陷进华夏文化的玄奥中；我曾登过武当、紫霄宫、会仙桥、紫金城、太和宫，每一站都迷失在华夏文化的博大里。我曾登过滕王阁，听渔舟唱晚；也曾登过黄鹤楼，寻"故人黄鹤"；还登过古琴台，听流水高山之遗韵；更多次登临岳阳楼，感范公忧乐之情怀……我常常感动在华夏文化的悠远里。就说这重阳吧，原是远古时代祭祀大火的节日。"大火"就是心宿二，夏历三月出现，九月隐没。故我国最早的历书《夏小正》称"九月内火"。一如"大火"出现时有迎火仪式那样，"大火"隐没时有送火仪式。荆楚一些地方至今有重阳祭灶的习俗，就是重阳祭祀"大火"的遗迹，因为灶是家居之火神。古人将九月九与三月三对应做为春秋大节，"三月上巳，九月重阳，使女游戏，就此祓禊登高"（西汉·刘歆《西京杂记》），就是以"大火"出没为标志，举行祈福消灾的活动。"大火"经天期间，人们从事农业活动，至九月秋熟收获，要举行祭天、祭祖的谢恩典仪。《吕氏春秋·季秋记》（秦·吕不韦，又称《吕览》）记载：九月"农事备收"，"藏帝籍之收于神仓"，"大飨帝，尝牺牲"，即秋收后告祭于天。后来，人们渐渐觉悟，收获主要靠的是人事，人类自身的努力，重阳就慢慢转为庆贺秋收、祈求福寿了，即从敬天转而为敬人，是人本思想的萌芽。因为长寿才能享用劳作之获，而且也才能继续从事劳作。所以，重阳祈寿求福、消灾避祸的活动，世代绵延，以至于今。

1988年，重阳为我国政府定为"中国老人节"，多了一层爱老、敬老的含义，实在是这个民俗节日传统的发扬光大，更是对老年人群的一种祝福。这是对中华民族两千多年来对老人诚挚祝福一种法律认定，一种制度规范。那么，来吧，年老的朋友，让我们踏着从历史深处和从现实高处传来的祝福二重唱的节律，携一壶美酒，去攀登开遍黄花茱萸的溢彩流香之山，也趁自己的兴致去攀登华夏文化云蒸霞蔚之山。当你在这两重山林且行且进时，你一定会感到攀登第三重高山——人生遐龄之山的旅程阳光灿烂，情韵悠长！

　　那么，朋友，出发，或者继续——

　　登高去！

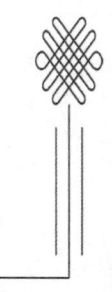

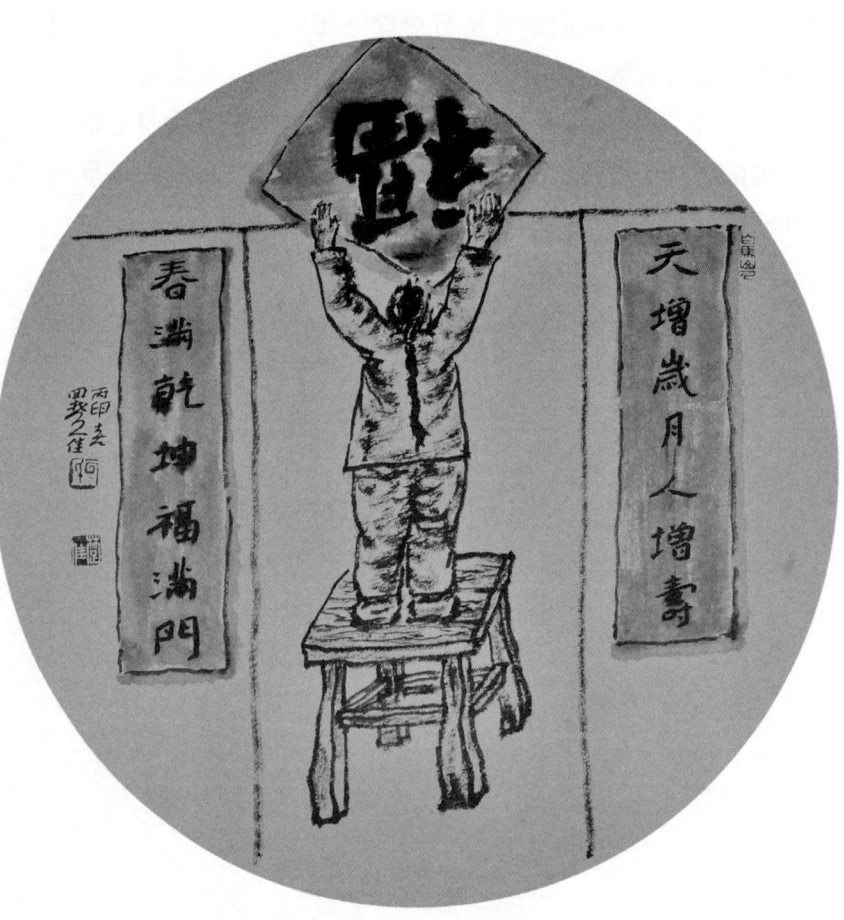

永世的庆典
——春节

每个民族都有自己的标志性节日。那是一个隆重的庆典。在所有这些庆典中，春节是一部最悠久、最热烈、最多姿多彩的恢宏活剧。

这部壮丽的庆典剧由东方这块古大陆的多个民族十几亿人联袂参演，是世界上时间最长的多幕传奇。

序幕是神秘的腊八节。小时候没有好的吃食，腊八粥给我烙下了美好的记忆。农历十二月初八，母亲总用文火熬一锅与平常绝不相同的粥。粥中除了大米、小米外，还放进绿豆、豇豆、花生、大枣之类，有时还放点菱角、板栗、莲子，并掺有白糖或者红糖。喝一口，稠粘粘甜丝丝的，总喝出全家人一脸的眯眯笑来。可惜粥端上来时，母亲总要焚香燃烛，先敬佛祖，让我馋得不行。后来我才知道，传说这一天是释迦牟尼在菩提树下悟道成佛的日子。他苦修六年，每天仅食一麻一米，后人就在这一天喝粥纪念，有"喝腊八粥，佛祖庇佑"之说，并以腊八粥馈赠亲友。所以陆放翁在《十二月八日步至西村》中说："今朝佛粥交相馈，更觉江村节物新。"清宣宗旻宁《腊八粥》亦云："谷粟为粥和豆煮，应时献佛矢心虔。"母亲一生信佛，当然先要敬佛求福了。其实，腊八是原始先民庆贺丰收告慰神灵、祖先的祭日。《礼记》云：

"夏曰嘉平，殷曰清祀，周曰大蜡，汉改曰猎。"猎者，猎兽祭先祖也。又曰："天子大蜡八"。蜡者，年终祭也。八者，神农、后稷、田官、水庸、昆虫等八位护佑丰收的神灵。选择此日祭祀，一是农事已完，表示感恩，以喝粥彰显节俭之志；二是腊至春回，"泄漏春光有柳条"（杜甫《腊日》），祈求来年丰收。十二月称腊月，就是这样来的。说是纪念佛陀，那是佛教传入以后的事，我以为有点数典忘祖的味道。

序幕拉开，年的倩影就大踏步来了。蒸酒、打豆腐、舂糍粑、杀年猪、做猪血丸子、煮根子糖、干塘扳鱼、宰鸡杀鸭、做新鞋、制新衣……在人们忙忙碌碌的生活节拍和女人娃娃嘻嘻哈哈的吵笑里，庆典的氛围喜气洋洋地弥满了华夏九州。

庆典第一幕是小年，东汉崔寔的《四民月令》称"小岁"，《史记·天官书》（西汉·司马迁）称"初岁"，并说在"腊明日"。后世顺应节候日子后延，宋代的记载是二十四日。前一天为"扫尘日"。尘者陈也，除陈布新。清除霉气（倒霉）和秽气（晦气），以开新一年祥瑞之端。为此，要用庄重的仪典祭灶。玉帝敕封"九天东厨司命灶王"驻守人间家家户户，灶王二十四日夜上天述职，言驻户善恶。"不怕县官，只怕现管。"这位爷可得罪不起，要以香火酒醪贿赂贿赂，并要供以特别粘甜的麦芽糖，让这位爷吃了甜丝丝地粘住牙齿，不能开口讲主人的坏话，以期玉帝赐福。"吃人的嘴短"，恐怕即滥觞如此吧。除夕时灶王归来，又要恭恭敬敬"接灶"，博取灶王欢心。

于是，庆典大仪要进入高潮了。人们以"六贴"迎接高潮。贴春联，贴福字，贴窗花，贴年画，贴挂钱，贴财神。红彤彤，亮堂堂，光灿灿，喜洋洋。于是，高潮的"三部曲"激情昂扬地连绵奏响。

第一部是"团圆乐",核心是吃团圆饭,又叫"年根(羹)饭"。年根饭之前,一些地方的娃娃世传"卖呆"之俗。娃娃成群结队,口唱"卖汝痴,卖汝呆,卖了痴呆乖"(乖者,聪明也),形成一道独特的民俗风景线。年根饭的丰盛难以细说,但有四道菜必不可少。一道是萝卜,俗称菜头,彩头也。小时候过年,母亲用一个大开镲炖满萝卜年根肉,这"彩头"一直要吃到出元宵。第二道是火锅,沸沸扬扬,热气腾腾,象征红红火火。第三道是甜食,多以芝麻糖芯丸子为之,寓意团团圆圆,甜甜蜜蜜。第四道是鱼。我的老家在河边,鲜鱼干鱼油炸鱼,蒸鱼煮鱼小炒鱼,真是吃腻了。但妻总要在团圆宴上摆一盘鱼,因为这表示吉庆有余、年年有余呵!一个民族的心理认同演化而成的习俗是永世永代传留不息的风景。团圆饭的时间各地不同,或清晨,或入夜。但都是一家人闩起门来吃,俗传是怕他人踩断了"年根",又说旧时贫穷人多,怕债主讨欠冲散团圆的喜气。现时不同了,许多人家都到酒店团年,以免家务劳累。看来,习俗的形成和演变与物质基础有着千丝万缕的联系。

第二部是"守岁曲"。《风土记》云:"除夕达旦不眠,谓之守岁","长幼聚饮祝颂而散,谓之分岁"。一夜连双岁,五更分两天。团聚相守,辞旧迎新。相传远古时代过年,只是为了驱邪避祟。《吕氏春秋·季冬纪》云:"前岁一日,击鼓驱疫疠之鬼。"《异闻录》(《渊鉴类函》)记载"李畋邻人仲叟家为山魈所祟","除夕爆竹数十竿……至晓寂然,妖遂止。"又传有一人头牛身怪物,名字人牛合写,年也,凶猛异常,一年一度趁黑出来,吞食牲畜,伤害人命。但它惧怕红色、火光和炸响。后来,人们每逢这一夜就门上贴大红纸,屋内灯火通明,刀斫砧板叮叮咚咚,院内爆竹噼噼啪啪,

37

就把年吓得浑身颤栗掉头逃匿。于是，慢慢演成在这特定的一天"过年"的习俗。过年的核心内容是"压祟"，长辈给娃娃们一串铜钱放在枕下镇压祟气。贴门神也是为了镇祟驱邪。但娃娃们却不管"守岁"、"分岁"，一心挂念的是长辈口袋的"压岁钱"。等到爷爷奶奶爸爸妈妈伯伯叔叔掏出红包来，他们才高高兴兴去睡，在梦里都满脸灿笑。

第三部是"迎新潮"。待到半夜子时分岁之际，即现代人说的"新年的钟声敲响"时，鞭炮轰鸣，礼花腾空，新年的交响乐响彻云霄，进入高潮。这就是王安石《元日》诗中说的"爆竹声中一岁除"，"总把新桃换旧符"了。元者始也，元日即正月初一，日之元、月之元、岁之元，又称"三元"。元日又为鸡日。因为鸡为"五德之禽"：头饰冠，文德也；距能斗，武德也；敢拼搏，勇德也；群相食，仁德也；报晓不失时，信德也。这一天又是扫帚的生日，红屑遍地，也不能动扫帚，否则就扫走了"鸿运"。元日清早，要放开门炮仗，也叫"开财门"。老父在世时，天微微亮就打开大门，边开门边念念有词："财门大打开，四路财宝滚进来。东也来，西也来，金银堆满台；南也来，北也来，福禄寿禧排排来。"尽管年年穷得叮当响，还是年年早早开财门，生怕开迟了，财喜先进了别人的门。接着放炮仗，大炮冲天而起，一声一声；小炮连绵串响，噼噼叭叭。顿时，全村的炮仗此起彼应，响彻山野。天刚亮，娃娃们欢天喜地登场了。他们给自家长辈拜了年，一个个新帽子新袍子新鞋子，一溜烟串成了队，口里哼着"过年哩，麻糖米糖不甜哩；过节哩，麻糖米糖冒得哩"的古老谣谚，挨家挨户去给全村的长辈拜年。待口袋里拜得拍拍满满的糖果，村里的贺年大戏也开场了。

以后便是一幕幕的拜年串演。初一崽，初二婿，初三初

四拜舅姑，流水拜到月十五。这期间初七是"人日"。传说女娲创世，日创一灵，依次造出鸡犬羊猪牛马，第七日造出灵类之长。所以，汉代就有初七佩戴名叫"人胜"（彩胜、华胜）的头饰相庆的风俗，叫"人庆节"。唐代皇帝每年人日皆赐群臣彩缕人胜，且登高大宴群臣。初八是谷子的生日，晚上要祭祀顺星，以求一年顺利丰收。初九是道教元始天尊即玉皇大帝生日，是东方主宰宇宙、统领三界十方的最高神灵，称为"天日"，道观要斋天，古君王要祭天。初十者，石头生日，凡石器工具都休憩勿动。庆典绵延至元宵，即元夕、上元，以又一高潮将春节推向尾声。火树银花，彩饰灯会，舞龙斗狮，香车宝马。宋代辛弃疾的《元夕》描绘了此中繁胜："东风夜放花千树，更吹落、星如雨。宝马雕车香满路。凤箫声动，玉壶光转，一夜鱼龙舞。"宋代李持正《上元》亦云："天半鳌山"，"云外闻管弦"。就是短短的大顺朝，李自成之女翠微《元宵艳曲》也记录了永昌元年（1644）元宵的情景："灯如昼，人如蚁。总为赏元宵，装点出锦天绣地。""一处处灯辉月晖，一阵阵喧阗鼓鼙。""闹嚷嚷笙歌喧沸，试问取今夕是何夕？"民间常常组织元宵灯会，猜谜吟诗，颇有几分文化气息。

　　元宵谢幕，人们依依告别近40天的春节盛典，开始投入劳作了。究其实，春节是农作物生长周期的休整阶段。甲骨文的年字从禾从人，好像人头上顶着沉甸甸的谷穗，当然是象征庆贺丰收。一切民俗观念、流程，说到底都是由物质生产派生出来的。"吃完元宵肉，各自寻门路"，养精蓄锐，要为新一轮的丰收付出辛勤的劳作了。享受需要劳作，劳作才有享受，是天道也是人道。劳作不息，享受不止。也许，由于气象节候的感悟，或者由于春节盛典的精彩，抑或由于

岁月的驿站·上卷

39

中华文化的魅力,在我们欢庆春节时,朝鲜、韩国、日本、越南、蒙古、老挝、缅甸、泰国、柬埔寨、新加坡、马来西亚、印度尼西亚等地都和我们同庆,央视台的春节晚会则成了全球近三分之一的人的盛典。只要地球不毁堕,人类不灭绝,世界上最浩大最繁盛的春节庆典就会永世流播,而且与时俱新,发扬光大,放射出从历史深处传来的悠久而灿烂的光芒。

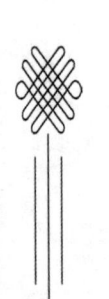

下 卷

岁月的驿站——节气

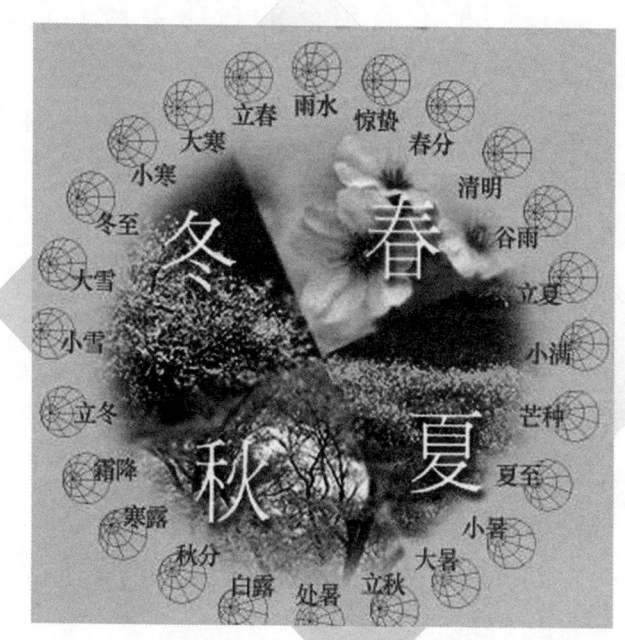

岁月的驿站

　　童年、少年、青年、中年、老年，是人生的五个阶段，也是人生的五个驿站。人生的行旅则要穿越五个驿站。

　　一切事物，都有自己行进的驿站，它们都沿着自己的行旅穿越自己的驿站。

　　二十四节气是岁月的驿站。有趣的是，岁月的驿站是轮回的。因为循环往复，渺渺而无来时，悠悠而无终古。岁月就是穿越循环往复的驿站而永远继续自己的行旅。

　　人，一旦掌握了岁月行旅的规律，在与岁月一同穿越它的驿站时，行动便多了几分自由，成功便多了几分机遇，生活便多了几分提高质量的选择，生命便多了几分提高价值的可能。

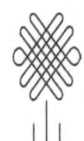

题 记

轮回的驿站

从遥远的无始流来，向浩渺的无终流去，岁月的波涛漫淹过日升月沉、花开花落，漫淹过茹毛饮血、刀耕火种，漫淹过笙歌兵燹、朝代更替，漫淹过人类生活的一切层面，给人类上演过沧海桑田的活剧，留下了星云树叶般的神话和迷茫。但正是经历了无数迷茫的神话，人类逐渐解读了岁月的秘密。远古的祖先们呵，读过了太多的冰冻冰融，草荣草枯，读过了太多的蛮蛰鸟鸣、寒来暑往，终于读懂了正月"于耜"（修农具）、二月"举趾"（下田间）、三月"载阳"（暖洋洋）、四月"秀葽"（葽草青）、五月"鸣蜩"（蝉声鸣）、六月"莎鸡（纺织娘）振羽"，读懂了"七月流火"、"八月剥枣"、"九月筑场圃"、"十月纳禾稼"、十一月"觱发"（冷风吹）、十二月"凿冰冲冲"（诗经·豳风·七月）。于是，凭着太多的物候气象的感受和自身活动的经验，他们发现了岁月生、长、收、藏轮回的规律，而且为这种规律设置了顺序和分界，诵于口，记于心，铭于竹，世代相传。他们将生长收藏之始，名为四立（立春立夏立秋立冬），将阴阳之和名为二分（春分秋分），将寒暑之极名为二至（夏至冬至），这就是"节"。节，表示季节的变换。而每一季节之内还有天地物候的变化。

岁月的驿站·下卷

43

春季来临，依序降雨增多、雷惊蛰虫、天气清朗、雨生百谷，是为雨水、惊蛰、清明、谷雨；夏季当中，依序麦类灌浆饱满、有芒作物成熟，继而天气炎热，渐至高峰，是为小满、芒种、小暑、大暑；秋风送凉，先是炎暑停住、水气凝白，随之露由白转寒，渐次成霜，是为处暑（处者住也）、白露、寒露、霜降；入冬以后，霜凝大地，由薄而厚；雪飘长空，由小而大，冷气积久而寒，寒气积久而冰浸至顶，是为小雪、大雪、小寒、大寒。这些，都是表示气象变化的，名之为"气"。节、气合璧，将岁月的每一个轮回分为二十四段，是为"二十四节气"。每节每气之内，"五日谓之候"（《黄帝内经·素问·六节藏象论》），五天为一候，用鸟兽草木的生长变化来验证时令的变化。一节气为三候，一年七十二候。于是，人类就把握了难以捉摸的无始无终的岁月。岁月的脚步就在人类为它营建的二十四个节气的驿站中循环往复地轮回。

　　《夏小正》是记述岁月足迹的最早著作。夏朝处于公元前21世纪末至公元前17世纪初，距今已历约4000年。那么，没有形诸刀笔的口传心记的年代，则更是隐没在4000年那边的岁月烟云的深处了。记载十二个月时令的《礼记·月令》相传为周公旦所作，如果说"传"无确考，那么，记载有"八节"名称的《吕览》是秦代（公元前3世纪）的典籍则是无疑的了。至于稍后数十年间的《淮南子》，则已经将与今天毫无二致的二十四节气排列其中。汉武帝太初元年（公元前104年），我国第一部完整的历法《太初历》开始颁行。随后，二十四节令的歌诀便在我悠悠华夏广泛流传：

　　　　春雨惊春清谷天，夏满芒夏暑相连；
　　　　秋处露秋寒露降，冬雪雪冬小大寒。

我们的这种规范岁月的历法滥觞于夏朝，所以称为"夏历"。它按月亮围绕地球运行的轨迹"白道"把一年分为十二个月。月亮自转一周，即地球人见到的一度盈虚为一月；绕地球公转一周，即地球人感到的一度寒暑为一年。"月，阙也，太阴之精。"（汉·许慎《说文》）。所以又称为"太阴历"，简称"阴历"。长久以来，阴历普遍应用于我泱泱中华的农事、农村、农民，俗称为"农历"。这种历法，主要源于中原汉民族，又称为"汉历"。但如果以为夏历是纯粹以月圆月缺来计算的历法，那就错了。它同时又按地球围绕太阳运行的轨迹"黄道"把一年分为二十四个节气。地球绕太阳公转一周约365天5小时，行程94000万公里。这个轨道称为太阳黄经，即"黄道"。我们的聪慧的前人把地球运转的这一周360度划分成24等分，每等分15度，为一个节气。两个节气间相隔15天左右，全年24个节气。而地球运行到黄经某度时，是一个十分具体的时间，所以节气指的并不是每一天，而是某时某刻，如2011年的立春是2月4日（正月初二）12时33分（午时），平常说的哪一天交什么节，只是言其大概而已。如果说到节期，则是15天。地球在黄经上运行是无始无终的，古人任意定一个节气度为0度，以便于计算。自清代开始，重新确定以"春分"点为0度，即360度，那么，清明为黄经15度，谷雨30度，依此类推。因而，我国的夏历是阴阳历法的结合，对物候气象的反映科学而准确，是人类伟大智慧的结晶。其实，与此对称的"太阳历"即"阳历"也是源于物候和农事而推算出来的。古罗马作家瓦罗在《论农业》中写道："春季从二月七日开始。"他所依据的，是尤利乌斯历。尤利乌斯历是公历即"阳历"的前身，出现

岁月的驿站·下卷

于公元前 1 世纪，比起我们的《夏小正》晚了约 2000 年，大致与我国科学确立二十四节气的《淮南子》同时。

　　我国是一个多民族的大家庭。当然，历史上就有着丰富多彩的少数民族历法。清水浇泼辞旧岁，起舞承新伴歌声。傣族人民是以泼水节来庆贺岁月新旧交替的。傣历将一年分为三季：正月望日（汉历十五）到五月望日（汉历十月半至次年二月半）为冷季，五月望日到九月望日（汉历二月半至六月半）为热季，九月望日至正月望日（汉历六月半至十月半）为雨季，颇具傣人居住地域的物候特征。"门孜康"是藏族的历法，以正月为岁首，与汉历相似。公元 641 年，唐太宗以宗室之女文成公主与藏王松赞干布联姻，汉藏历法就互相交流，促进了共同的完善。"希吉来历"是回族的历法，又称"回回历"。回回历有两种年法，太阴年用于宗教，太阳年用于农事。随着岁月的流徙，交通信息日益发达，民族交融日益深化，二十四节气成为了 56 个民族一起认同的历法节序。可以说，节序确立是整个中华民族智慧的结晶，也是当今整个人类以太阳纪年、太阴纪月的阴阳合历的共同时令。于是，悠悠岁月的足音就循环往复地叩响并且穿越人类共同认知的二十四节气驿站的大门，岁月的沧桑而又青春的面容就永不停息地在二十四个驿站里闪现，岁月的匆匆而又稳健的身影就无始无终地在二十四个驿站间轮回。"春水满四泽，夏云多奇峰，秋月扬明辉，冬岭秀孤松"（晋·顾恺之）便成为岁月在轮回的行程里遭遇的万古轮回的风景。

立 春

迈着沉重、缓慢而坚定的步履，穿过阴冷、潮湿而漫长的冬季，踏碎残雪、溶冰和冻泥，岁月终于行到了"立春"的大门边。

它很熟悉这个驿站。但细心打量，每一次的风景都有着些许微妙的差别。记得有一年的这一天，冷雨残雪之中梅萼点红，我还胡诌过几句歪诗：

蓑衣策杖独寻芳，水滑琉璃日染霜。
白雪披离红一点，寒风过处动幽香。

而2010年呢，2月4日（农历十二月二十一日）立春，有几丝暖意的风却展开了驿站升起的迎春的旗帜，缓缓地飞扬。天空微微泛蓝，银白色的太阳的光芒从堆卷流动的灰色的云层之后透射出来，映照着色调依然有些萧索的旷野和山冈。老牛懒洋洋地啃着经冬的草茎和铺满草茎的夕阳，牛犊却扤着蹄子在溪水畔撒欢。溪岸的野竹将枝条斜斜地伸进水里，是想钓出嫩油油的新绿呢，还是丝丝缕缕的溪藻？当然，草根正准备圆做了一个冬天的拱出泥土的梦，而端坐树杈的鸟窝正梦想着雏鸟啄壳的欢欣。

是的，空气里开始弥漫春天的气息。"大寒后十五日，斗指东北，维为立春"（汉《孝经纬》）。立者，始也；春者，

岁月的驿站·下卷

蠢也。一切鸟兽虫鱼花草荆木，地上的，地下的，水中的，在蛰伏了一个冬天之后都开始蠢蠢欲动了。气候学的春季指气温在10℃至22℃的时段，立春当在10℃左右。我国幅员广袤，各地温差颇大，但立春时，黄河流域也已"初候，东风解冻；二候，蛰虫始振；三候，鱼陟负冰"（元·吴澄《月令七十二候集解》）。东风吹而坚冰消融，阳和至而蛰虫蠕动，寒气褪而鱼浮近冰，具体而形象地反映了冬寒已开始让位于春阳。江南则更是春意萌动了。《史记·天官书》曰："立春，四时之卒始也。"这是岁月的旧一圈轮回的终结，新一圈轮回的开始，万物复苏、繁荣的标识和"春天"这一部辉煌交响曲的前奏。

这是岁月的节日，也是花木的节日。花木摇曳着芳姿，欢快地顺应节候、迎接这个节日的到来。

首先是迎春摇曳着黄色的小花开在春天到来的路畔。明人王象晋的《群芳谱》云：迎春"一名金腰带，人家园圃多种之。丛生，高数尺，有一丈者，方茎厚叶，初生如椒叶而无齿，面青背淡，对节生小枝，一枝三叶，春前有花如瑞香。"如果说，迎春的色泽尚不亮丽，春天马上就看到了樱桃的热忱的欢迎。你看，"霞烘的的珊瑚碎，露洗垂垂琥珀寒；素面相逢浑似醉，朱唇半吐欲成丹"（清·王士禛《咏樱桃》）。而且，越过不够高大的樱桃林，春天看到了高高耸立的望春，以火焰的色彩映红了人们的双眸。望春学名辛夷，属落叶乔木，"树大连合抱，高数仞，此花初发似笔，北人呼为木笔。其花最早，南人呼为望春。"（《神农本草经》，简称《本草》）。《群芳谱》言其有"红紫二色"。其实，还有洁白晶莹的素花，故王安石《乌塘》诗云："试问春风何处好，辛夷如雪拓冈西。"

有一种说法，说开白花者称玉兰，而清末诗人龚自珍则认为玉兰也属望春："江东猿鹤，识人间花事，十丈辛夷著花未"（《洞仙歌·忆羽琌山馆之玉兰花》）。

当然，这也是人类的节日，人类演出多姿多彩的活剧来迎接这个节日。"距冬至四十五日，天子迎春于东堂"（汉·董勋《皇览逸礼》）。《汉书·礼仪志》（东汉·班固）记载：

>立春之日，夜漏未尽五刻，京都百官皆衣青衣。
>郡国县道官下至令史，皆服青帻（头巾），立青幡（旗帜），施土牛耕人于门外，以示兆民。

又曰："立春之日，迎春于东郊，祭青帝句芒。"青帝者，东方之神，即春神。木盛于春，树木之神曰句芒。其实，庆祝立春的活动，周代就已经很隆重。立春前三日，天子斋戒。立春日，率三公九卿诸侯大夫至东方八里之郊迎春，祭拜句芒，布德施惠，祈求丰收。"周公始制立春土牛，盖出土牛以示农耕早晚"（《宋·高承《事物纪原》）。自周朝起，州县长官要举行迎春奠仪，鼓励农耕。立春前一日，由两名艺人顶冠饰带，扮演"春官"，一路"报春"，沿途高呼"春来了"。士农工商，见者皆作揖礼谒。"春官"于摊贩商店随意取物，店主笑脸相迎。州县长官着官服，偕僚属，率手执耕具的农民队伍，由鼓乐仪仗队导引，至东郊迎接先期塑制的"芒神"与"春牛"，行礼致祭，将芒神、春牛迎回城内。第二天立春时分，长官仍率僚属、农民举行迎春典礼，执彩鞭击打春牛三匝，表示春耕开始。众农民将春牛打烂，以示吉祥。然后，捡回春牛之土，有的在门上大书"宜春"二字，有的涂于灶上以祛虮蛘，有的涂于牛角以避牛瘟。民间尚有艺人或制作小泥牛，或画牛于代表土地的黄色纸上，至立春日串村走户

"送春"，主人以钱物酬谢。迎春送春，上下动员，皆大欢喜，闹出了一派暖洋洋的春天气息。

土牛还昭告着农事的迟早。《礼记·月令》注里就具体而有趣地记述着以鞭打春牛的人所站的位置来告诉百姓农事的时间："立春日，出土牛以示农耕之早晚。谓于国城之南立土牛。立春日在十二月望，策牛人近前，示其农早；立春日在十二月晦（农历月末日）及正月朔（农历初一），则策牛人当中，示其农中；立春在正月望，策牛人在后，示其农晚。"策者，以彩鞭击打春牛。

也有以人饰演春神迎春的风俗。《汉书·礼仪志》记载："立春之日，皆青幡帻迎春于东郊外。令一童男帽青巾、衣青衣，先在东郊外野中。迎春至者，自野中出，则迎者拜之而还。"

发展到后世，迎春就不限于东郊了。《景龙文馆记》云："唐景龙四年正月八日立春，上令侍臣自芳林门经苑东，展仗入至望春宫迎春。内出彩花树，人赐一树。"此习漫衍，渐成积习，《梦粱录》记云："立春日，宰臣以下，入朝庆贺。"到了清代，"立春日，礼部呈进春山宝座，顺天府呈进春牛图，礼毕回署"（清·富察敦崇《燕京岁时记》）。这样，迎春就演化成君赐臣贡和官员互拜相庆了。但不管怎样变化，立春都是一个隆重的节日。清代顾禄在《清嘉录》中告诉我们，至清代，立春祀神祭祖的典仪，仅次于元日（正月初一）的规模。

男子郊外相庆，女子则在闺中剪彩。剪彩为燕，称为"春鸡"；贴羽为蝶，称为"春蛾"；缠绒为杖，称为"春杆"。戴在头上，携于手中，争奇斗艳，剪出一片春景来。宋代孟元老在《东京梦华录》中亦记云：立春日君主赐臣下幡胜（饰物），"贺讫戴归私第。士大夫家剪彩为小幡，谓之春幡，

岁月的驿站·下卷

51

或悬于家人之头，或缀于花枝之下，或剪为春蝶春钱春胜以为戏。东坡立春日亦簪幡胜过子由，诸子侄笑指云："伯伯老人，亦簪幡胜耶？"东坡自己亦在诗中自云："萧索东风两鬓华，年年幡胜剪宫花。"《荆楚岁时记》还记录了"贴字"的习俗："立春日，悉剪彩为燕以戴之，贴'宜春'二字。"可见，迎春同乐，洋洋者蔚为大观矣。

可以理解，在农业维系国家命运，"社稷"就是"江山"的年代，立春这个始兆一年农耕的日子，对于上至天子、下至黎庶的人类，是何等的重要！那么，迎春的热情如火如荼也是自然而然的了。在工业腾飞、科技弄潮的当代，先人们迎春的场景已沉湮在岁月的远峰遥谷之后，但我们仍可从古人的吟咏里重睹当年的华彩。"蝶绕香丝住，蜂怜采艳回。今年春色早，应为剪刀催。""剪绮裁红妙春色，宫梅殿柳识天情。"唐代宋之问的《立春日待宴》和崔日用的《立春游苑应制诗》，展示了宫廷剪彩迎春的华丽。"东郊暂行迎春仗，上苑初飞行庆杯。""玉管潜移律，天仗出佳城。膏泽光时辇，恩辉及物新。"沈佺期的《立春游苑》和王绰（唐）的《迎春东郊》描绘了郊迎宫庆的浩大场面。而唐代冷朝阳的《立春》和宋代范成大的《立春日郊游》则记述了民间的风俗。"土牛呈岁稔，彩燕表年春。""竹拥溪桥麦盖坡，土牛行处亦笙歌。"

其实，迎春的方式何止如此，还多得很呢。仅仅春食，即立春日"咬春"一事，就有吃春盘、春饼、春卷、萝卜各种各样，丰饶的意味就难以尽述。晋代的春盘五辣（葱蒜椒姜芥）齐备，名曰"五辛盘"，驱寒杀菌。唐宋春盘春饼之风盛行，皇帝以之赐百官。杜甫《立春》云："春日春盘细

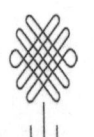

生菜，忽忆两京梅发时。盘出高门行白玉，菜传纤手送青丝。"宋代陈元靓《岁时广记》称："立春前一日，大内出春饼，并以酒赐近臣。"传至民间，更以互赠春盘春饼为乐。《岁时广记》又云："京师富贵人家造面蚕，以肉或素做馅……名曰官蚕。又因立春做此，故又称春蚕。"后因蚕字音谐转化为卷，称为春卷。"元朝周密的《武林旧事》记载"后苑办造春饼供进，及分赐贵邸宰臣巨铛，翠柳红丝，金鸡玉燕，备极精巧，每盘值万钱。"清代《北平风俗类征·岁时》记云：立春，民间食春饼、春卷，备酱熏及炉烧盐腌各肉并各色炒菜，以应"打春吃春饼"之俗。《燕京岁时记》云：立春日"妇女多买萝卜而食之，曰'咬春'。谓可以却春困也。"因为萝卜有软化血管、降血脂血压的功能。

现在，我们很难见识到这种风情了。农业文明的风华曾经让我们骄傲，至今它的花朵虽然已逐渐凋落，但它的美丽与芬芳长存，令我们万古不灭地怀想。岁月的足迹已轮回过农业文明的沧桑，但不管人类步入哪一种文明的领域，它依然遵循自然节序而轮回。它从容不迫地穿越立春的驿站，又毫不停息地向连绵的雨水潇潇而去。

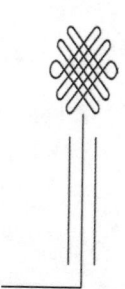

岁月的驿站·下卷

雨　水

  细雨潇潇，潇潇细雨。在二十四节气的漫漫古道上，雨水是一个潮湿泅湿、雨帘密织的驿站。有一年，一夜潇潇浇醒了我的睡意，清晨披衣而起，口占《七绝·雨水》至今不忘：

    初解冬装物韵佳，春风一夜雨声赊。
    平明起看窗前色，滴湿枝头已着花。

  当然，雨水降雨，名副其实，是一种完满的征兆，农谚云："雨水有雨庄稼好，大春小春一片宝。"但雨水这一天却不一定就下雨。2010年2月19日（正月初六）是雨水节，天空虽多云而无雨，拜年客毋须撑伞。然而，即使无雨，轮回而至的岁月清楚地知道，并且以此提醒人类：从今天起，已经进入雨水出没的领地，而后是民谚"阴阴沉沉到谷雨"的潮湿区域，必须携带雨伞，或者披蓑冠笠，才能够通过这片淋漓、泥泞的地带。

  《孝经纬》曰："立春后十五日，斗指寅为雨水。"雨水一般从公历2月中旬到3月上旬。此时的气温尚低，华南仅10℃以上，江南5℃左右，黄淮平原则只是3℃上下，而华北地区还在0℃前后摇摆呢。但"冻解池开绿，云开天半晴"（南朝·梁·简文帝萧纲《春日》），"遥天收密雨，高阁映奔曦；雪尽青山路，冰消绿水池"（南朝·陈·张正见《春初》），"淑

55

气催黄鸟，晴光转绿蘋"，而令人"偏惊物候新"（杜审言《早春游望》）了。我国古代将雨水分为三候："一候獭祭鱼；二候鸿雁北；三候草木萌动"（《月令七十二候集解》）。前五天水獭开始捕鱼，把鱼摆在岸边像是先祭而后食；中五天，南雁开始北回；后五天，春雨"润物细无声"（杜甫），草木随土地的阳气回升而开始绽芽。《礼记·月令》曰："天气下降，地气上腾。天地和同，草木萌动"，"春气发而百草生"（战国·宋《庄子》）。大地开始又一轮欣欣向荣的景象，菜花一畦畦一甸甸地黄了，黄灿灿地涂抹出一幅幅芬芳温煦的画图，逗引着蜂蝶；杏花一树树一枝枝地红了，红殷殷地喧染出一番番活泼热闹的春意，盎然着生机；李花一园园一山山地白了，白莹莹地描绘出一片片纯净雅洁的诗情，留连着游人。而"又绿江南岸"（王安石）的春风则骀荡怡人了。每当这个季节，湿漉漉的音乐便在我家屋檐下奏响了。珍珠的丝网越织越密，淅淅沥沥地濡湿了青灰色的屋瓦，流成了潺潺的雨线，从瓦槽檐口垂挂下晶莹的雨帘。开始是嘀嗒、嘀嗒，接着是哗啦、哗啦，最后当雨线激荡形成条条雨瀑，便哗哗啦啦洋洋洒洒奔泻而下，雨尘子喷溅着整个阶基。腊月上抱的毛绒绒的鸡崽开始还跳到母鸡的背上，眨巴着一圈黄绒内的绿豆般的小黑眼，新奇地观赏跳溅翻滚的珍珠，此刻却赶紧随着妈妈蹿进堂屋，惊惶地缩伏于母鸡温馨的翅羽之下。奶奶颤巍巍地提着水桶，接着屋角边的一注水柱，以免滴颗继续溅湿早就被风雨霜雪侵剥得斑驳糜蚀的墙角了。父亲透过雨帘，一声不响地瞄着阴沉沉的天空。然后，悄悄地背着一件蓑衣，绾稳一顶竹笠，扛着一把锄头，就走进雨雾之中了。那蓑衣，还是昨夜的灯下，母亲才用油光发亮的

56

椭圆形的竹针,在肩背旧棕松薄处补缀上几层新棕呢。你看,在迷离的烟雨中,附着于陈旧发黑的蓑衣上的新棕,还熠耀着闪闪的黄灿呢。我知道,父亲是要冒雨去疏排麦垅和油菜田里滞停的雨水。雨水酿满了庄稼行间,会导致烂根减产的。自然,他还要到后山查看查看山塘蓄水的情况,不然连觉都睡不踏实的。我提着一个竹筐,本来是要跟哥哥一起去阡陌间扯喂牛的马鞭草的,但此时只能歇下,蹲在堂屋里,看哥哥用竹篾丝扎着一只大蝴蝶。我就拢去,给他递着篾丝。他说:"等天晴,我们可以去放风筝了。"

天稍晴时,"霭霭复濛濛,非雾满晴空"(唐·杨衡咏《春色》)。氤氲弥漫的水气中,村子里的人们便都吆牛挑筐地忙活在田野里了。"七九河开,八九雁来。"九九是从冬至那天开始算起的,每一个"九"有九天,至雨水是七九时期,到惊蛰时刚过八九三天。此期间,中华大地的大部分区域都已在春风雨水的催促下,呈现出一派春作繁忙的景象。农谚云:"七九八九雨水节,种田老汉不能歇。""农人告余以春及,将有事于西畴"(晋·陶渊明《归去来兮辞》),这里说的"有事"就是这种"春及"的耕作之事,要到田野里劳作了。雨水渐渐增多,越冬作物返青生长,做好锄草、松土、施肥等田间管理工作和选种、春耕、春播的准备工作,都是当务之急了。"春雨贵如油。"春雨温温润润地浇灌着,冬麦、油菜摇曳着新绿,一片葱青。"麦浇芽,菜浇花。""庄稼一枝花,全靠肥当家。""有收无收在于水,多收少收在于肥。"这些,都是农民千百年来实践经验的结晶。于是,他们便把积攒了一个秋冬的灰肥、粪肥、化肥一筐筐、一桶桶、一车车地送

岁月的驿站·下卷

到了田地里，给粮食和油料作物补氮补磷补钙，以期粒硕籽满。记得我家有一口鱼塘，父亲常常在这时节清理鱼塘淤泥，挑到大田里去。他说："结合积肥清鱼塘，田壮塘深两相当。""田园经雨水，乡国忆桑耕"（五代·齐己《野步》）。农谚云："麦润苗，桑润条。"在雨水滋润中，桑农也与耕夫一样，忙于整桑、插条，准备饲蚕了。菜农和果农，更像打扮待嫁的闺女，一畦畦地松土、施肥，一棵棵地培苗、剪枝，交给春风去梳理，春雨去沐浴，春阳去温煦。"勤整枝，多打杈，鹅梨结得一挂挂。""自然生长不透风，光照必然受阴梗。需要手术细修剪，剪与不剪大不同。""幼树整形拉骨架，老树剪枝后劲大。"而在华南大地，农人的灵巧的双手已经在为双季早稻育种催芽了。

但是，冷空气活动依然频繁，气温波动尚大，天气变化多端。我所居住的湘西南小城邵阳，2010年雨水期间正是这样，2月23日、24日达26℃，但至3月1日降至12℃，甚至到惊蛰（3月6日）的第二日降到了3℃，出现"倒春寒"的气候。"冬虽过，倒春寒，万物复苏很艰难。"忽暖忽寒的气温，对农作物的生长很不利。为了获得预期的丰硕，农户总是老少上阵、殚精竭虑，"斜风细雨不须归"（唐·张志和）。所以，雨水节期，犹留残冬景象，春意似乎姗姗来迟。虽说"七九六十三，路上行人把衣宽"，人们逐渐去棉穿单，但却是讲究"春捂"，特别是年老体弱的人群，更是乍暖还寒时候，"最难将息，最要扶持"（元·王实甫《西厢记》），必须注重保健和养生，不仅要"养身体，缓解衣"，而且要防潮避困，清湿祛邪，保肝养脾，使之肝气外畅，脾气内蕴，胃纳健旺，精力充沛。

同时，春风送暖，细菌、病毒亦易于随风传播，窗户要打开，阳光要进屋，郁气要外泄，空气要清新。老年人要心态平和，情绪愉悦，防止血压升高，以致诱发心脏疾病、心肌梗塞；小孩子要睡眠充足，活动适量，防止乍寒乍暖，以致引起呼吸疾患、感冒发烧。每个人都应注意锻炼身体，增强抵抗能力，饮食则应侧重于调养脾胃和祛风除湿。辛辣食品宜少，新鲜蔬菜要多，荤腥宜食鲫鱼之类。

雨水是岁月的一段艰难泥泞的旅程。从立春以来，岁月致力于开辟一个春天的时代。但此期间，春天还在草创阶段，百废待兴，局势波动，似乎还有点江山没坐稳实的滋味。但岁月扬起日子的旗幡，潇潇洒洒地循着古老而又常新的驿道行进，它已经看到前方那一片无边无际草长莺飞、花红柳绿的繁荣了。

惊 蛰

在立春节期反复酝酿，在雨水节期积蓄力量，春天终于挥动闪电的长鞭，踏着滚滚的雷霆而来，发动了一场以"惊蛰"为契机的摧枯拉朽的革命，彻底扫荡冬的传统统治大地的痕迹，意气风发地开创欣欣向荣的局面。"雷滚惊天鸟曲赊，花明艳丽水明霞。千山草色天涯绿，惹眼桃红闹野崖。"去年惊蛰时期我写下的这首绝句，描绘的就是这个局面的概貌。

《诗经》曰："春日载阳，有鸣仓庚。"指的就是惊蛰时节。仓庚者，黄鹂也。我们细心的前人将惊蛰分为三候，"一候桃始华；二候仓庚鸣；三候鹰化为鸠。"桃花开放，黄鹂鸣唱，猛禽鹰化为小鸟鸠，至秋鸠则化为鹰。这是古人的一种并不科学的认识，但小鸟化为大鹰却也有合理的因子。《月令七十二候集解》云："二月节，万物出乎震。震为雷，故曰惊蛰。是蛰虫惊而出走矣。"其实，惊醒蛰伏于泥土中冬眠的昆虫的，并不是雷声，昆虫是听不到雷声的，而是大地回春，地气变暖，各种昆虫结束冬眠，开始蠕动，过冬的虫卵也开始孵化，"惊而出走"矣。但"惊蛰"这个词实在经典，美妙而深邃，它像翻开辞典的雨部，就让人想到漫天滂沱，翻开木部，就想到遍野森林一样，让我们不仅想到春雷鸣动，轰隆隆碾过雨云塌方也似奔泻的湿漉漉的天庭，而且想到潮润温濡的无

岁月的驿站·下卷

边旷远和幽暗的土地里,一蛹蛹、一颗颗、一条条沉睡在酣梦里的生灵被遥远的雷声唤醒生命的本能,蠕动惺忪的意识,与万万千千的草根、树须一起,编织文字难以穷尽的神奇、奥妙的故事,演绎色泽无法涂抹的丰富、繁复的童话!同时,还令我们感到经历过冬藏僵卧的树木的枝条、根系,也像蛰伏的虫蚁一样,舒经活络,绽芽抽新,再度书写"草木纵横舒"(陶渊明)的辉煌篇章了。这是一个何等智慧,何等丰赡的词语。世界上有哪一个民族、哪一个国度有如此形象华彩的称谓,有如此诗意蕴藉的节气!

是的,"桃含可怜紫,柳发断肠青;落花随燕入,游丝带蝶惊"(梁·简文帝《春日》)。"百草香心初育蝶,千林嫩叶始藏莺"(唐·郑愔《春日》)。这些描绘,正是这个节候的写实。"缀条深浅色,点露参差光;向上分千笑,迎风共一香"(唐太宗李世民《咏桃》),桃花一树树、一坡坡地红了,燃烧起一团团闹哄哄、喜洋洋的艳丽火焰;"棠棣之花,萼(蒂)不(fū)韡韡(wěi)"(《诗经·小雅》),一棵棵、一排排浅浅淡淡地红了。因为召伯曾以其红宝石般的珍珠果宴请兄弟,留有《棠棣》之作,古人以其喻兄弟之情,所以,它常常引发出一脉脉香幽幽、柔绵绵的古典亲情。至于唐人李商隐的"棠棣黄花发,忘忧碧叶齐"说的则是一种同名的小草,而不是这种流风千秋的树了。同时,"开花须著彩衣新,浓麝分香入四邻"(唐·方干),"浪涌千脸泪,风舞一身香;似濯文君锦,如啼汉女妆"(唐·李群玉《临水蔷薇诗》),蔷薇一丛丛、一园园地开了,绽放出一幅幅白莹莹、黄灿灿、紫灼灼的璀璨锦缎……黄莺儿衔弄着花蕊吟唱芬芳的歌声,燕尾儿裁剪着呢喃翩跹柔美的弧线,蜜蜂儿在花丛里嗡嗡地飞起飞落，蝴蝶儿在枝叶间闪闪地穿进穿出。一只老蜘蛛在灌木枝上张开透明的网，觊觎着跳来窜去嬉戏游乐的蚱蜢和弄影晴光的美丽的蜻蜓。一群小蝌蚪则悬浮在一片空明里触摸春水的温煦。无边的芳草呢，绿遍了天涯，惬意地享受着小小生灵们蠕动、爬动的搔痒般的舒适。

雨烟还没有散去，雷声还在山那边轻盈地滚动。牧笛骤然嘹亮而起，如柔软的钢丝袅袅娜娜伸入苍穹，把湿淋淋的墨云搅开，牵出晶莹透亮的阳光。小牛犊倏然停止啃吃青翠，昂着头倾耳谛听，忽尔踏开一地晶亮的水花，奔向一坡犹自嘀嗒嘀嗒滴着芳香的桃林，跻着稚嫩的四蹄撒欢，把石子踢进了池塘，搅乱了正映着天边一截断霞的澄波……

这时，田垅的深处有粗犷的耕歌升起：
二月打雷麦成堆哟，惊蛰闻雷米如泥。
一年之计在于春哟，呀依子喂……，
家家扬鞭催春犁。

"惊蛰春雷响，农夫闲转忙。""到了惊蛰节，春耕不能歇。"正是春耕大忙的时候了。"微雨众卉新，一雷惊蛰始。田家几日闲，耕种从此起。丁壮俱在野，场圃亦就理。归来景常晏，饮犊西涧水"（唐·韦应物《观田家》）。诗人亦颇知稼穑之繁忙。

小麦开始拔节，油菜开始见花，要细心照料。"惊蛰地化通，锄麦莫放松。""要得菜籽收，就要勤理沟。"松土、施肥是丰收的必修功课。"麦锄三遍莫留沟，豆锄三遍圆溜溜。"田间杂草萌发蔓延，必须锄翻晒根，避免滋生"草盛豆苗稀"（陶渊明）的故事。蔬菜也要抓紧松土施肥。"豌豆出了九，开花不结纽。"抽沟打氹，栽葱种蒜，老婆婆也颤巍巍地忙

碌不歇。栽辣椒，手要灵，一根一个坑，常常是姑娘嫂嫂的活计。至于"大地化，快种葵花和蓖麻"，那是连小孩都要蹦蹦跳跳上阵了。男子汉则要风雨无阻，三犁三耙平整秧田，准备谷种下泥了。玉米、高粱、大麦、棉花，也都要土细肥足、适时播种。茶树也渐渐萌芽，茶农也已上山修剪，追施催芽肥，促其多分枝、多发叶，并且准备要采制"明前茶"了。桃、梨、苹果，要继续剪枝、催肥，以期硕果累累。

同时，已经可以开始植树了。现代科技发达，四季可以植树。古代则必须春回大地才能开始。"家有一片树，不愁吃和住。"松、杉、杨、柳、樟、桐、楠竹，栽得岗坡成片成林。田头地角、屋前宅后，还寸土不让地栽种棕、桑、桔、柚、枣、李、杏、杨梅、白果、葡萄等多种多样的经济林木。到了稍后的植树节，机关干部还一车车载运树苗、到荒坡童山和公路两旁种下一片片的绿荫。"人要文化，山要绿化。""树木成林，风调雨顺。"这些，已成为全民的共识和行动。

春气复苏，万物萌生，家畜家禽也进入了繁殖的旺盛期。"惊蛰天转暖，牲畜发情欢。牛发情，叫哈哈；羊发情，摇尾巴；母猪发情跑断腿，母马发情把腿叉。""兔一猫二狗三月，配种育畜莫迟延。"农户，特别是养殖专业户可不敢错过这个黄金季节。小鸡像一团团绒球在草地啄食，小鸭、小鹅则像一群群绒球在池塘里撒欢浮游，而它们的一窝窝弟弟妹妹们有的正在破壳欲出，有的还在妈妈的孵化下做着欲醒未醒的梦呢。你到家禽专业户的暖棚里去看一看，那才是一个生生不息、春光灿漫的大观园呢。很小的时候，我的父亲常常在这个时候去湘潭挑鱼水。一升谷一瓢鱼水，挑着满满的一担清水打回转。三天三夜之后，回到家里，是密密麻麻的两

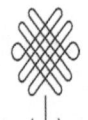

岁月的驿站·下卷

64

渔盆细细的嘴巴喏喋着全家人喜悦的目光和心情。然后，我和哥哥跟着父亲，兴致勃勃地把鱼水一碗碗地舀进秧田边头的小池塘里。霎时间，那些喏喋的小嘴巴们便游弋满一塘清澈的涟漪。

当然，"春雷惊百虫"。温暖的气候也助长了病虫害的滋生和衍蔓。"惊蛰天，麦防黑"；"桃花开，猪瘟来"。农作物和家禽家畜的病虫害防疫工作也不容忽视。否则，将给预期的丰收严重甚至毁灭性打击。农业也是一场浩大的战争，任何环节的稍一疏忽，就会导致流血的教训，甚至全军溃败。

病毒的繁衍对人类也带来严重的危害。岁月凭藉沧桑的积累昭示着一种禅意：我生则万物生，我寂则万物寂。万物相依相生，相护相侵。健康有益于繁忙，繁忙须珍重健康。惊蛰时节，肝阳之气上升，养生应顺乎阳气升发，万物条达的特点，使精神、情志、气血如春日般舒展畅通，生气盎然。饮食要益脾气，顺五脏。宜食富有植物蛋白质、维生素的清淡食品，菠菜、芦荟、萝卜、苦瓜、木耳、芹菜、油菜、山药、莲子、银耳为佳，荤类可多鸭血、鲫鱼，"桃花流水鳜鱼肥"（张志和），当然是美味，但应尽量少纳动物脂肪类膏腴厚味。而且，"春三月，此谓发陈。天地俱生，万物以荣。夜卧早起，广步于庭，披发缓行，以使志生"（《黄帝内经》）。也就是说，早睡早起，缓行散步，健康身体，愉悦精神，宽舒心态。这样，既可增强对流感、流脑等疾病的抵抗力，又可增强体质，有益于农事。

踏着泥泞的道路，穿过忽晴忽雨但总是潮湿的行程，岁月穿过春天一半的旅途，向着"春分"驿站迤逦而去。

春 分

　　春分者，分春也，春季九十天的中分点，把春天分成前后等长的两段。这一天昼夜也恰恰等长。写下这两个字的时候，我的目光穿过悠悠岁月的烟云，向神秘而伟大的先民们致以虔诚的敬意。我真想驾一叶扁舟溯时间之波光，回到2200多年前战争频仍的硝烟中，去拜谒、请教智慧的老辈：在那个农耕文明尚相当蒙昧的年代，是怎样推算出黄经上的这一时刻，而将它写进辉煌的《吕览》"八节"中去呢？端坐在岁月深处云端里的祖先们哟，让后来者的胸中激荡着一条自豪、骄傲的长江之水。

　　一般说来，二十四节气分别在公历每月的6日、7日和21日、22日左右。2011年的春分就在3月21日（农历2月17日）7点21分（辰时）。这要何等精密地演算才能科学地确定！《孝经纬》曰："惊蛰后十五日，斗指卯为春分。"《春秋正义》（春秋鲁·左丘明著，唐·孔颖达正义，）云："春之半，秋之半，昼夜长短等分"，故称"春秋分"，又称"日中"、"日夜分"。这一天，太阳到达黄经0度，正当赤道上方，慈爱地将它温和的光芒均衡地沐浴着地球南北的人类，真正的不偏不倚，公正平等。"春分者，阴阳相半也，故昼夜均而寒暑平"（汉·董仲舒《春秋繁露·阴阳出入下篇》）。

岁月的驿站·下卷

67

春分节期十五日，"一候玄鸟至；二候雷乃发声；三候始电"（《月令七十二候集解》）玄鸟，又称元鸟，俗称燕子。南燕翩翩北归来，哗哗的雨声伴奏轰鸣的雷声，黯淡的雨云衬托耀眼的闪电，给人们以春深似海的震撼。同时，顺着三候的脚步，"雪绽霞铺锦水头，占春颜色最风流"（唐·吴融）的"花中神仙"海棠，"粉痕浥露春含泪，夜色笼烟月断魂"（明·文嘉）的"春泪带雨"梨花，"枝枝转势雕弓动，片片摇晃玉剑斜"（唐·徐凝）的内白外紫的木兰，都闹闹嚷嚷地展露风姿，给人以春色满园的舒畅。

我们的祖国是如此地辽阔广大，而古文明主要滥觞于黄河流域，古代雄杰逐鹿于中原，典籍的记述也常常以中原的实况为依据，所以节序相同而物候殊异的现象是自然而然的。但到此时，江南江北、海东山西，都已是春风化雨了。当然，农事活动还各地有别。当江南新植竹木已经抽绽新芽时，华北还在"明朝种树是春分"。仲春之月，我的湘西南故乡岸柳青青，莺飞草长，小麦节节高，油菜灿灿黄，绿蓑衣在水田里催开了一道道新翻的泥浪，温度计在春水中探测着一桶桶谷种的呼吸，一块块秧田耙得像镜面一样平整，一棚棚蔬菜绿得像油画一样迷人，一派"林有鸣心鸟，园多夺目花"（梁·闻人倩《春日》）的诗意春景了。此时，西北高原呢，刚开始雪消冰化，华南大地则"已过春分春欲去，千炬花间，作意留春住"（宋·葛胜仲《蝶恋花·春分》）。我想，世界上有多少国度的公民，是无法领会到我华夏子民因丰富的物候景象而带来的博大胸怀和幸运感知呵！但不管物候怎样各不相同，毕竟季节催春，"雨霁风光，春分天气。千花百卉争明媚，画梁新燕一双双，玉笼鹦鹉愁孤睡。"（欧阳修《踏

岁月的驿站·下卷

68

莎行·春分》），中华大地是一派九九艳阳天的醉人画景了。

春分是岁月的重要的驿站。古人常常在这一天举行庄重的典仪祭祀日神。《礼记》记载："春分之日，祀朝日于东郊"，而且要"祭日于坛"。祭日神要事先筑一个土台，登台向东拜祭，以示庄重和虔诚。到了元朝，"日坛"由土台变成宫堡式的精巧建筑，坐落于北京朝阳门外。现存的北京日坛建于明嘉靖九年（公元1530年）。坛形像日而圆，坐东朝西，人们站在西方向东方行礼。坛台一层，直径33.3米，周围砌一道正方形的外墙护卫。坛东南北三方设有棂星门一座；西面是正门，有棂星门三座。祭祀之前，皇帝要到北坛门内的具服殿休息，然后更衣登拜神坛致祭。拜神坛是白石砌成的方台，高1.89米，围64米。明代《绘典》记曰："春分之日，祭大明之神。甲、丙、戊、寅、壬年，帝亲祀。余年遣大臣摄祭。"大明之神即日神。相传仪程颇为繁复，要奠玉帛、礼三献、乐七奏、舞八佾、行三跪九拜大礼。八佾者，舞乐也，天子用八八六十四人，可见华彩灿烂。清代更是礼仪有加，迎神、奠玉帛、初献、亚献、终献、答福胙、车馔、送神、送燎，九项仪程一丝不苟，以求日神护佑。当我们现在休闲娱乐于日坛公园时，是很难想象当时华彩富丽的场景和对太阳的虔敬畏惕之情的。

祭日是君王的专权，民间是不能分享的。清代潘陛的《帝京岁时纪胜》告诉我们："春分祭日，秋分祭月，乃国之典，士民不得擅祀。"擅自祭祀日月者，乃僭用天子之礼，是杀脑袋的反叛之罪，可见日神不可亵渎的赫赫威权。不仅祭日，祭马祖也是官家的仪典。《礼记》曰："春分之日祭马祖。""马祖，天驷（房星）也。"相传"房为龙马"，故民间未宜祭祀。但民间自有自己的习俗，多少士民都在尝试"竖蛋"的乐趣。

竖蛋是一种游戏，简单易行而别有兴味：你选择一个光滑匀称，刚出鸡腹四五天的鲜蛋，轻轻悄悄地在桌上把它竖起来。失败的当然颇多，但不少心细手巧的人却可以看到鸡蛋竖立不倒的奇异姿态，品尝到"春分到，蛋儿俏"的风光。这个貌似浅显的游戏，其实是一种深奥的益智娱乐，包含着微妙的物理。春分是南北半球昼夜等长的日子，呈 66.5 度倾斜的地球地轴与地球绕太阳公转的轨道平面处于一种力的相对平衡状态，有利于物体竖立。生下四五天的鲜蛋，蛋黄素带松弛，蛋黄下沉，重心下降，便于竖立。鸡蛋的表面看似光滑，其实有许多突起的小点，高 0.03 毫米左右，点间距离 0.5–0.8 毫米。如果能让三个小点一同接触桌面，蛋就竖起来了。而春分季节不冷不热，花红草绿，人心舒畅，思维敏捷，所以精力集中，心灵手巧者便可以将蛋竖立起来。选择这一天竖蛋，是通晓物理人情的行为。不知什么时候，这种"中国玩艺"成为了"世界游戏"。现在的春分日，世界各地有以千万计的人都在品味竖蛋的情趣。你何妨也试试看。

　　人类与岁月同行了亿万斯年，岁月潜移默化地教给了人类健康生存的无限知识。这种知识的精华就是求得新陈代谢的协调，因为保持"暂时的平衡状态""是生命的根本条件"（斯大林语）。春分万物条达，人体气血正值旺盛时期，锻炼、睡眠都要适度而有规律，膳食宜禁大热大寒、过肥过腻，以使寒热均衡，平肝潜阳，舒心安神，健康而愉快地在杂树生花、病毒漫溢的时节投入自己的事业。

　　虽然北方的冷空气还不时地伺机南袭，倒春寒还没有停止复辟的行径，农人甚至还有穿着棉衣扬鞭催耕的时候，但"几处早莺争暖树，谁家新燕啄春泥；乱花渐欲迷人眼，浅草才

能没马蹄"（白居易《钱塘湖春行》），春天的江山是实实在在地坐稳了。"长定相逢二月中"（李商隐《蜂》）的蜜蜂也开始"弄晴沾落絮，带雨护园花"（元·李俊民《蜂》）了。燕子也从南方归来，忙于营造巢室。所以，宋代杨万里写道："燕衔芹根泥，蜂缀花上蕊。"踏在这生机蓬勃的旅程中，听着一声声杜鹃的歌吟，神清气爽地继续行进着。岁月知道，在蜀国望帝之前多少年，杜鹃就叼着春光在山野间歌唱，哪里是什么望帝亡国的精魂在啼血地凄吟！说杜鹃哀鸣而思故国，那只是人类把自己的情感一厢情愿地强加给杜鹃罢了。杜鹃呢，也懒得与人类辩驳，依然年年在晴光之下，或烟雨之中，在深深山林，或浅浅草丛，鸣啭自己的一曲曲天籁之音。《唐韵》（唐·孙缅）云："鹁鸪春分鸣则众芳生。"鹁鸪者，杜鹃也。岁月正是踏着鹁鸪鸣声中的众芳而飘然穿越春分驿站的。

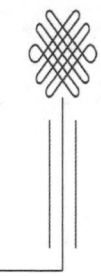

清　明

　　岁月轮回的旅程里，清明是一个人们特别重视的驿站。其庆典的隆重和广泛，另外23个节日无法与它相比,就是端午、中秋两个重大的民俗节日也比不上它的五彩缤纷。这是因为在东方古文明的伟大国度里，它是唯一拥有节气和民俗双重意义的节日。

　　"春分后十五日,斗指乙为清明"(《淮南子·天文训》)。《燕京岁时记》解释说："万物生长此时，皆清洁而明净，故谓之清明。"气清景明，山清水明，阴沉寂静于寒冬的大千生灵也开始变得清醒明丽，似乎总有几分冬日浑浑噩噩的人类的情绪也格外清朗明澈了。气温升高，雨量增多，春阳送暖，阴衰阳升，惊蛰脱帽，清明脱鞋，农人们打着赤脚下水耕作了。

　　清明最初是作为一种物候节令被人们纪念并载进典籍的。"初候，桐始华；二候，田鼠化为䳬；三候，虹始见"(《月令七十二候集解》)。说的是清明时节，白灿灿的桐花，开放出千山万岭紫亮的、晶莹的小喇叭；"月微花漠漠"，"风清暗香薄"（唐·元稹《夜对桐花寄乐天》)，吹闹着季春的花事。田鼠因喜阴而进入了洞穴。古人不见了田鼠，却见树上出现了貌似田鼠的小鸟鹌鹑（䳬），便认为田鼠化为䳬了。雨后的彩虹，悬挂着五彩缤纷的虹霓，悬浮于潮湿的空际，

岁月的驿站·下卷

73

弯弓于广袤的天庭，吐金贯日，灿烂瑰丽，引动人们明媚的诗情："春末萍生早，日落雨飞余。积彩分长汉，倒色媚清渠"（唐·董思恭《咏虹诗》）。记得小时候，在雨后彩虹悬浮的田野里，跟着妈妈去扶持被暴雨打歪浸淹的瓜秧，常常是我十分喜欢的事情。至于民谚云："清明前后，点瓜种豆。"那说的是黄河流域的物候，江南则已经瓜豆吐芽、嫩苗姗姗了。可见，清明是农事的节日。此时，扬花的麦浪，香遍了田野，欣喜了眼睛；飞絮的柳条，梳理着春风，垂钓着清波。它们与桐花一起，连翩开放成清明三候的花信，报告着暮春的来临。

　　一年之计在于春，人们明显活跃起来。也许是经历了一个冬季的禁锢和臃肿，需要活跃和轻松，清明时节的民俗体育活动比任何节日都丰富多彩。风筝在墙壁上悬挂了长长的一串寒梦之后，被人们、特别是小孩重新放飞。如果去年的风筝已经旧去，人们会扎糊新的风筝，斗奇争妍。尤其是天清气朗的夜间，风筝下或拉线上悬挂一串串彩色的小灯笼，像闪灼的星星，也像飘浮的流萤，古人们称为"神灯"，把人们的神往和欢乐放飞到蓝天白云之间。青年男子则常常开展蹴鞠竞赛。鞠从革，是一种皮革做的球，用毛塞满球内，用足踢之。踢得点数最多、花样最佳者为冠。相传为黄帝所发明，最初是用来训练武士的，后来演变为一种健身的游戏。有人说，风靡当今世界的足球竞技，即源于蹴鞠，虽系推测，亦不无道理，像小溪蓄成池塘、江河汪成湖海，事物总是慢慢发展完善而成的。闺中则不同，喜欢荡秋千。秋千，即揪着皮绳而迁移。它的历史很古老，最早称千秋，后为避"千秋万岁"之讳，改为秋千。古时以树枝桠拴上彩带荡悠。"秋千院落夜沉沉"，苏东坡在《春日》的绝句里就把它做为"春

岁月的驿站·下卷

宵一刻值千金"的美好事物之一。荡秋千可以优雅地轻轻摇荡，也可以勇敢地蹬上高空，既可以锻炼身体，又能够培养无畏精神，渐渐成为儿童喜爱的娱乐。今日的幼儿园，哪一家没有几副秋千？

拔河是清明的又一风习。《景龙文馆记》纪载："清明节，唐中宗命侍臣为拔河之戏。以大麻绳两头系千条小绳，数人执之争挽，以力弱者为输。"又云："景龙四年，上御黎园，命三品以上抛球拔河。韦巨源、唐休璟衰老，随绳蹭地，不能兴。上及皇后妃临观大笑。"此风流布民间，成为一种体育娱乐活动。至于斗鸡、走狗，许多人认为是统治阶层的荒淫之戏，其实不然，"斗鸡走狗，禁烟前后"（唐·李淖《秦中岁时记》），首先是民间的一种游戏，后来才引进宫中。唐代韦承庆诗云："莺啼正隐叶，鸡斗始开笼。"斗鸡、走狗，反映古人庆贺清明节的生机活泼的局面。至于禁烟，是寒食的习俗，故沈佺期诗云："岭外逢寒食"，"明日是清明"。

出新火、和冷粥、淘新井、试新茶，更是远古相传的清明习俗。《礼记》云："仲春以木铎修火，禁于国中，为季春将出火也。"《荆楚岁时记》曰："去冬节（冬至）一百五日，即有疾风甚雨，谓之寒食，禁火三日。"所以，白居易有诗："留饧和冷粥，出火煮新茶。"饧是麦芽糖，不煮热食，以麦芽糖和冷粥而食。出火，以榆柳钻出新火来，以顺应阳气。此时，明前茶已经上市，故言"出火煮新茶。"而清泉汩汩，正是去污涤垢，淘除井中沉泥积淤的好时机。晋代虞喜的《志林》有记："黄州俗，清明淘井。东坡在黄州梦参寥诵所作新诗，觉而记两句云：寒食清明都过了，石泉榆火一时新。"记得我的家乡就有清明时节处处淘井的风俗。

儿时不懂为什么淘井，眼巴巴盼望的是井水淘干后泥浆里的肥鳅和井边缘石缝里的鲫鱼。

淘井时节，桃李已经挂果，梨花已经开残。"落花寂寂啼山鸟，杨柳青青渡水人"（王维《寒食氾上诗》），正是"园林渺渺浮云气，细草油油叠浪痕"（袁凯《清明独坐》）的踏青的好时候了。踏青，即出户郊游，脚踏青草，赏无边春色，舒胸中郁气，是我国民间长期流传的一种风习。孔子曰："暮春者，春服既成，冠者五六人，童子六七人，浴于沂，风于舞雩，咏而归。"（《论语·先进》），我以为记述的就是踏青的故事。宋代程颢的《郊行纪事》就描述了此中行状："芳原绿野恣行时，春入遥山碧四围。兴逐乱红穿柳巷，困临流水坐苔矶。莫辞盏酒十分醉，只恐风花一片飞。况是清明好天气，不妨游衍莫忘归。"而同代吴惟信的《苏堤清明即事》更是显得风韵婉然："梨花风起正清明，游子寻春半出城。日暮笙歌收拾去，万株杨柳属流莺。"至今踏青遗风犹存。妇女趁踏青之便，采撷一把把的斑鸠菜，回家用以煮食鸡蛋，现在仍然是一种时尚。古代的妇女，特别是仕宦之家的淑女，可没有这种随便出游的方便，所以更乐于乘清明之时，结伴踏青。因为清明踏青是与为祖先扫墓联系在一起的，这可给了她们一个绝妙的机会。

扫墓，拜谒祖先的坟茔，缅怀祖先的德泽，祭祀祖先的英魂，是清明跨越农事和农业而具有的另一重意义。我家乡的诗人伍培阳在《清明》中就有这么短短的五行：

　　人影潮动，霏霏小雨，
　　竟是沾满衣裳的一襟哀恸，
　　冥冥中，似有人呼唤乳名，

岁月的驿站·下卷

76

　　沉甸甸的祭祀，

　　压弯了小路……

　　写的就纯粹是这一重意义。明代刘同、于奕正在《帝京景物略》中记载了当时扫墓的盛况："三月清明日，男女扫墓"，"粲粲然满道也。拜者、酹者、哭者、为墓除草添土者，焚楮锭次，以纸钱置坟头。望中无纸钱者，则孤坟矣。哭罢，不归也，趋芳树，择芳圃，列坐尽醉。"其实，秦代以前，就有扫墓习俗，但时间尚无定日。清明扫墓，是秦以后慢慢形成的。唐玄宗开元二十年诏令天下，"寒食上墓"。寒食在清明前一二日，于是清明扫墓，仕庶同行，愈演愈盛。乾隆弘历年间的《清通礼》云：寒食及霜降节，"拜扫圹墓，届期素服诣墓，具酒馔及芟剪草木之器，周胝封树，剪除荆草，故称扫墓。"其实，还要鸣鞭仗、奏禅乐、置酒醋、烧冥钱，致祭祀之文，行叩拜之礼，极尽后人的思念和敬意。宋代高翥《清明》诗曰："南北山头多墓田，清明祭扫各纷然。纸灰飞作白蝴蝶，泪血染成红杜鹃。"记事、写景、抒情，交融一片，反映了生生不息的血浓于水的传承。于是，清明原初的农业节序意义日渐淡薄，而阳界与阴界相通、生灵与亡灵约会的纪念意义却日渐浓郁，以至于世界上凡有华人的地方这一天都在上演祭祖的庄重活剧，以至于唐代杜牧"路上行人欲断魂"的《清明》诗几乎成了全民族妇孺尽知的经典，以至于这种千百万人的不约而同的盛典成为了华夏子孙精神认同的一种象征。

　　由于双重的意义，清明恐怕是龙的传人除春节以外的最盛大的节日了。穿越这个节日气氛浓郁的驿站时，岁月也感到一种异常的庄重和充实，步履轻松而稳健。

谷 雨

瑞典汉学家林西莉女士在《汉字王国》一书中说到"谷"字时写道:"我只要看到这个字,马上就会想起一个人走进黄土高原沟壑里的滋味。"我的祖祖辈辈是农民,从小与泥土为伍,看到这个字,稻穗、麦穗的黄灿灿的光泽和庄稼摇曳的斑斓的色彩便在我眼前熠熠闪耀。把它和"雨"字相连,更觉得在弥漫的烟雨之中,看到了秧针的一片嫩芽,听到了麦田的汩汩拔节,闻到了菜籽的清馥芬芳了。呵,谷雨,谷雨,岁月的春季的最后的驿站,农事在"才了蚕桑又插田"(范成大《村居即事》)的紧锣密鼓之中一派繁忙。

谷雨亦有三候:"初候,萍始生;二候,鸣鸠拂其羽;三候,戴胜降于桑"(《月令七十二候集解》)浮萍因水温升高而开始萌绿长青,鸠(布谷鸟)鸣叫着展翅飞过田野,一声声"布谷"、"布谷",提醒人们秧谷应当下泥了。然后,头有五色之冠形体似雀的戴胜鸟出现在桑树枝叶间,准备啄食尚未成熟的青青桑葚了。所以,晋代傅元在《阳春赋》中描绘说:"依依杨柳,翩翩浮萍。""鹊营巢于高树,燕衔泥于广庭。睹戴胜之止桑兮,聆布谷之晨鸣。"《诗经·卫风·氓》曰:"于嗟鸠兮,无食桑葚。"于夯先生翻译作斑鸠,我以为是斑鸠、尸鸠(布谷),还是戴胜,尚值得探究。但布谷催春,农事繁忙,

79

却是真的开始了。

像柳絮在春风中纷纷扬扬,像谷种在秧田里密密麻麻,谷雨的农事活动流传成潺潺不绝的农谚:"谷雨时节种谷天,南坡北洼忙种棉";"玉米花生适时种,红薯插藤抢雨天";"闲地芝麻和黍稷,深栽茄子浅栽烟";"小麦要浇孕穗水,查治火龙和黄疸";"林木果园早喷药,花儿过密酌情剪";"家禽孵化细照管,鱼娃漂籽护周全"……农林牧副渔全面铺开,像温煦的风吹开烂漫的山花,从事农业的人们也像蜜蜂翻飞川流一样忙碌不息了。范成大的《田家》描述了这种景象:

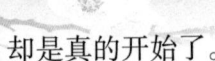

昼出耘田夜绩麻,村庄儿女各当家。
童孙未解供耕织,也傍桑阴学种瓜。

稻农如此,蚕农、茶农也寸阴寸金了。远古时期,就已如此:"蚕月条桑,取彼斧斨。以伐远扬,猗彼女桑"(《诗经·豳风·七月》)。三月时分,修剪桑树,拿着斧头,整理桑枝。长得高的,踮着脚砍,采摘鲜嫩的桑叶,将蚕好好喂养。很快,新茧就要纺织了。陶渊明《归园田居·六》写到:"但愿桑麻成,蚕月得纺绩",其关心农民农事之情溢于字里行间。

在茶农灵巧的手指下,"雨前茶"也一筐筐地揉制上市了。雨前茶就是谷雨时节采制的二春茶,与初春茶即"明前茶",同是茶中的珍品。茶树经过半年的休养生息,适中的温度和充沛的雨量滋润,芽叶肥硕,色泽绿翠,叶质柔软,富有多种维生素和氨基酸。雨前茶中的"旗枪",一芽一嫩叶的,泡在杯中像古代展开旌旗的枪;一芽两嫩叶的,则像是一只小雀的舌头,名为"雀舌"。饮之,色鲜味美,馨香怡人。在我的家乡,谷雨那天采制的茶,茶农常常要留下来招待贵客。他们泡茶的时候,会不无炫耀地说:"这可是谷雨那天的茶哟。"

中国茶叶学会倡议将谷雨节定为"全民饮茶日",恐怕与"雨前茶"的佳美有着密切的关联。

谷雨是一年中春深似海的季节。元代刘秉忠《三月》诗反映了这种景况:"背阴花木锦成丛,幽谷莺啼上苑中。李白桃红杨柳绿,天涯无处不春风。"此时,"绿肥闲且静,红衣浅复深"(王维《牡丹》)的百花之王也闪亮登场、争芳斗艳了。白居易诗曰:"帝城春欲暮,喧喧车马度;共道牡丹时,相随买花去。"晚唐皮日休更是盛赞牡丹的名贵:

"落尽残红始吐芳,佳名唤作百花王;

竞夸天下无双艳,独占人间第一香。"

皮日休的说法没有错,《群芳谱》亦曰:"唐宋时洛阳之花为天下冠,故牡丹亦名洛阳花。"牡丹一开,姹紫嫣红,灿烂缤纷。"其花黄者,有姚黄、庆云黄、甘草黄、牛黄、玛瑙盘黄、气毬御衣黄、淡鹅黄","红者有魏花石榴红、曹县状元红、映日红、王家大红、大红西瓜瓤、大红舞青猊、七宝冠醉胭脂、大叶桃红、殿春芳美人红、莲蕊红、翠红妆、陈州红、砗砂红、锦袍红、皱叶桃红、桃红西瓜瓤、大红剪绒、羊血红、石家红、寿春红、彩霞红、海天霞、小叶大红、鹤翎红、醉仙桃梅红、平头西子红、粗叶寿安红、丹州延州红、海云红……","其粉红者有庆天香肉、西水红球、合欢花、观音面、粉娥娇、醉杨妃、赤玉盘、回回粉、醉西施……","其白者有玉芙蓉、素鸾娇、绿边白玉重楼、羊脂玉白……","其紫者有海云红西紫,即墨子丁香紫、茄花紫……瑞香紫、平头紫、徐家紫、罗袍紫、重楼紫、红芳烟笼紫……",品类多达百十种,真是"浅红浓紫各新样,雪白鹅黄非旧名"(宋·杨迁秀《牡丹诗》),开出一片铺天盖地的锦绣来,"艳

蕊连翩映彩霞,独将倾国殿春华,虚疑五色文通笔,散作平章万树花"(明·冯琢庵《咏牡丹》)。所以他在另一首诗中又说:"春来谁做韶华主,总领群芳是牡丹。"

牡丹在"二十四番花信"中排名二十二位。花知时守信,顺序而开,谓之花信。古人在小寒至谷雨百二十日,八个节气,二十四候当中,每候挑出一种花来作为"花信",即小寒的梅花、山茶、水仙,大寒的瑞香、兰花、山矾,立春的迎春、樱花、望春,雨水的菜花、杏花、李花,惊蛰的桃花、棠棣、蔷薇,春分的海棠、梨花、木兰,清明的桐花、麦花、柳花,谷雨的牡丹、酴醿、楝花,称为二十四番花信;应花期而来的风,称为二十四番花信风。二十四番花信,展示出一个缤纷灿烂的"花花世界",别具风姿,唯我中华独有。牡丹作为谷雨一候的"花信",把"二十四番花信"推向了亮丽夺目、情节华采的高潮。谷雨二候的"花信"酴醿接踵而来。杨万里诗曰:"浪愁草草酴醿过,不道婷婷芍药来"(《晚春》)。酴醿是晚春的一种灌木花丛,苏东坡诗曰:"酴醿不争春,寂寞开最晚。"其实,酴醿花何尝寂寞。它与热热闹闹的牡丹正相映成趣呢。酴醿本是一种重酿之酒。《群芳谱》曰:"唐时,寒食宴,宰相用酴醿酒。"又曰,皇上"召侍臣学士食樱桃,饮酴醿酒,盛以琉璃盘,和以香酪。"《群芳谱》又曰:"大朵千瓣,香微而清。本名荼蘼,一种色黄似酒,故加酉字。"所以,宋人黄庭坚诗曰:"残梅红药迟,此物共春晖。名字因壶酒,风流付枕帏。"其形藤身,青茎多刺,花开之时,"鲜红同映水,轻得共逐吹"(梁·刘瑗),"秾因天与色,丽共日争光,剪碧排千萼,研朱染万房"(白居易),亦有白花鲜妍晶莹的,"簇簇霜花密,层层玉叶同"(宋·梅圣俞),

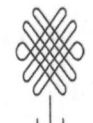

82

"玉立春深雪不如"（宋·张栻），"白雪春深压架香"（宋·徐溪月）。因其娇痴可爱，古诗云："点点檀心小，盈盈玉面娇。"所以，亦常被人种植于庭，怡情遣兴。宋代苏辙就有这种爱好："后圃酴醾手自栽，清如芍药浓如梅；旧来酒客今无几，三嗅馨香懒举杯。"

谷雨三候的"花信"是楝花。楝树是一种高可达20米的落叶乔木。楝者，分类挑选也。从木，意为全身是宝，各个部分可以分类挑选以为使用的树木。皮、叶、实均可入药，驱虫、止痛、收敛，亦可用作农药。果可酿酒，子可榨油，用于油漆润滑和制作肥皂。木材用于建筑和家具。它耐湿耐碱，生长在我国中部和南部各省向阳的旷地。宋人罗愿《尔雅翼·释木》曰："楝木高丈余，叶密如槐而尖，三四月开花，红紫色。芳香满庭。其实小如铃，至熟则黄，俗谓之苦楝子，亦曰金铃子。"《本草》中亦称楝为"苦楝子，亦曰金铃子、花落子，谓之石茱萸"。《淮南子》曰："楝实，凤凰所食。"

它与酴醾一起，作为花信高潮牡丹之后的余韵尾声，与花信之首的小寒节梅花遥相呼应，完成了二十四番花信的轮回，为花信，也为春季热热闹闹的花事，作一个风致幽淡的谢幕，所以宋人何梦桂在《再和昭德孙燕子韵》中说："处处社时茅屋雨，年年春后楝花风。"

楝花送春春已去，谷雨这个风光最为宜人的节期就要同春天一起归去了，正如欧阳修在《丰乐亭游春》中写的："绿树交加山鸟啼，清风荡漾落花飞。鸟歌花舞太守醉，明日酒醒春已归。"同代的真山民亦在《晦日》中也声气相应而吟："九十春光能有几，东风遽作远行人。樽前莫辞今朝醉，明日莺声不是春。"诗人们都对春归有一种恋恋难舍的淡淡哀愁。而其实呢，岁月将携我们进入另有一番天地的夏日繁阴。

岁月的驿站·下卷

立 夏

披缀着红红紫紫的落花,行进过浅浅深深的芳草,呼吸着绿叶间纳凉的清新的微风,聆听着池塘里竞唱的稚嫩的蛙鸣,岁月关闭了三春的门户,走近了欧阳修的"佳木秀而繁阴"的绿意葱茏的季节。

这是一个生命成长壮大的季节。南朝梁代崔灵思的《三礼义宗》云:"四月立夏为节。夏,大也。至此之时,物以长大,故以为名。"《月令七十二候集解》中也有同样的阐释:"立,建始也;夏,假也。物至此时皆假大也。"假,即大的意思。是的,立夏时节,煦阳暖照,雨水丰沛,万物繁茂。"燕泥衔复落,鹂吟敛更扬。卧石藤为缆,山桥树作梁"(简·文帝《首夏》)。"瀑流还响谷,猿啼自应虚。早荷向心转,长杨就影舒"(唐太宗《初夏》)。天生万物,应节而长,一派蓬勃酣畅、欣欣向荣的气象,正如唐代诗人刘禹锡的《初夏》所吟:"巢禽命子戏,园果坠枝斜",生命飞扬、生机盎然。

这是一个农作物憧憬未来的季节。顺应天时,汲取地利,相竞而繁荣。"一候蝼蝈鸣;二候蚯蚓出;三候王瓜生。"首先是俗称土狗的蝼蝈,和青蛙协奏的多重唱在夏日的田间流行;接着,可爱的小蚯蚓便开始在大地上辛勤掘土了;然后,王瓜的藤蔓便攀缘着棚架风快地伸展着藤叶和卷须,擎起黄

岁月的驿站·下卷

色的小喇叭吹奏芬芳的歌谣。孟夏时分，万物并秀。高启在《初夏江村》中摇头晃脑地吟唱"水满乳凫翻藕叶"，"雨余归路有鸣蛙"。唐代的张聿和宋代的范成大则没有忘记果腹之餐和蔽体之衣的来源，他们在同为《初夏》的诗中描述："郊原浮麦气，池沼发荷英"，"桑叶露枝蚕向老，菜花成荚蝶犹来"。麦子扬花灌浆，莲荷开花抽藕，老蚕抽丝结茧，油菜垂果向熟，夏收作物年景基本定局。所以农谚有"立夏看夏"之说，早稻已经插完，在一场喜雨里转青。"刺水新秧长，从人乳燕飞"（明·莫如忠《初夏》），一派明丽清新的风景。暂时休闲的耕牛咀嚼着山坡田间葱绿鲜翠的惬意，微风吹拂着摇曳的稻苗和轻轻晃动的牛尾，梳理成一幅夏日的水墨画，牧童横坐在牛背之上，画中时时有悠扬的笛声升起。但我们祖祖辈辈的农民却连抽袋旱烟的功夫都要抓紧，因为中稻播种正在进行，棉花除虫正当关口，茶叶采摘正值紧张，插薯、种豆还要扫尾，多种作物的间苗、锄草、施肥，都刻不容缓……是呵，这些都关系着一年的收成、来年的日子和兴家创业的梦想呵！

不仅如此，这些劳作还关系着国家的命脉。"肉食者鄙"，但这一点还是懂得的。因此，他们对立夏这个节气维惕维敬，恭而迎之。《礼记》是这样记载迎节之礼的：

> 太史以先立夏三日谒于天子：某日立夏，盛德在火。天子乃斋。立夏之日，天子亲率三公九卿大夫迎夏于南郊。还，乃行赏，封诸侯，庆赐遂行，无不欣悦。

而且，要凌晨即起，以示虔诚。晋代司马彪《续汉书·礼仪志》记述："立夏之日，夜漏未尽五刻，京师官皆衣赤衣，

岁月的驿站·下卷

迎夏于南郊。"《皇览逸礼》记述的场面更为浩大、斑斓：

> 夏则衣赤衣，佩赤玉，乘赤辂，驾赤骝，载赤旗，以迎夏于南郊。

壮矣哉，好一个恭肃隆重的庆典，好一个官方换季签证的仪式！从这种想象不到的兴师动众、繁文缛节的程序里，我们不仅读出了一代代廊庙的赫赫朝廷顺应天时、遵循规律的真诚和明智，更读出了一批批台省的衮衮诸公慑惮自然、迷信天道的畏懦和愚昧！除了"迎夏"之后，朝廷指令司徒等官吏去各地勉励农民抓紧农耕、农业，有些许的实际作用以外，其余的一切典仪纯粹是劳民伤财的形式主义、官样文章！聪明的做法是将费于这些庆仪的精力和财力，用来投入农业生产和减轻农民负担。如果真能这样，中国历史上所谓"盛世"、"圣世"的时间则可能增多增长一点，非肉食者则可能少一点家破人亡、穷途末路的凄苦！

正因为这样，民间对于官方的换季庆仪并没有多大的兴趣，他们有着关系自己切身利益的"迎夏"方式。流行于江南的"立夏称人"的习俗起源于三国时期。传说诸葛亮委派赵子龙把阿斗送交江东孙夫人抚养。那天正值立夏，孙夫人当着子龙的面称了阿斗的体重。以后每逢立夏再称一次体重向诸葛亮汇报。又说诸葛亮临终嘱托孟获每年立夏来看望蜀主。孟获关心后主健康，来则要询问阿斗的体重。司马炎灭蜀掳走阿斗之后，孟获每年立夏都要带亲兵去洛阳看望阿斗，称称阿斗的体重，以验证晋武帝是否亏待阿斗。晋武帝为了笼络孟获，立夏日总煮又糯又香的豌豆糯米饭让阿斗饱食再秤，每次都比上年重一点。阿斗虽然没有什么本领，却因此清静安乐。此习后来流播甚广。20世纪30年代安徽《宁国县

志》记载:"立夏,以秤称人体轻重,免除疾病,所谓不怯夏也。"许多地方,称人的活动颇为有趣。立夏中餐后,村里挂起一杆大秤,秤钩悬一木凳,人们轮流坐坐称称。司称人边打秤花,边说吉利话。称老人说:"秤花八十七,活到九十一。"称姑娘说:"一百零五斤,员外找上门;勿肯切勿肯,状元有缘分。"称小孩说:"秤花二十三,长大会出山,县官不犯难,三公也好攀。"嘻嘻哈哈,皆大欢喜,正如古诗所描述的:"立夏称人轻重数,秤悬梁上笑喧闺。"小孩们则乐孜孜地玩斗蛋的游戏。父母煮熟鸡蛋,套上丝网袋,悬于孩子脖颈上。孩子们三五成群,蛋头(稍尖的一端)击蛋头,蛋尾(稍圆的一端)击蛋尾,。一个一个斗下去,破者为输。最后蛋头完好者,蛋称大王;蛋尾完好者,蛋称小王。其实,这是适合小孩娱乐的一种益智益体活动。农谚云:"立夏胸挂蛋,孩子不疰夏。"疰夏,夏日常见的腹涨厌食,乏力消瘦,小孩容易患这种病。也许,这没有多少科学根据,但美好的祈愿也总让人身心愉快。在农耕文明的时代,人们有多少旨在抵御和试图消泯灾祸的习俗,是人类进化过程中必然演出的活剧呵。民间上演的,我以为大多是善良、自然的喜剧,而宫廷上演的,大多是做作、庄严的闹剧。祈求身体健康的还有立夏的中餐。这一餐饭很有讲究,一盘香绵绵的糯米饭,配上煮鸡蛋、全笋、带壳豌豆。"蛋吃双,笋成对,豌豆多少不需论。"民俗相传,蛋为心形,吃蛋拄心;笋为腿形,吃笋拄腿;豆如眼珠,吃豆拄眼。拄者,支撑的意思。陆放翁在《立夏》的诗中亦有"林中晚笋供厨美"的赞赏。虽然,这有点像现代一些人"患肝炎多吃猪肝"的说法一样可爱复可笑,但炎炎夏日人易劳乏,应当注重饮食疗养,祈

求心、腿等主要器官健康无恙,眼睛如新鲜豌豆那样清澈明亮,却是愿望美好而且有几分道理的。当然,在祖国广袤的地域里,迎夏的风俗五彩缤纷,是很自然的。很小很小的时候,奶奶做的"立夏饭"给我留下了至今不泯的印象。那是一种粘稠、芬芳的"五色羹",用赤豆、黄豆、黑豆、青豆、绿豆拌合糯米熬成,吃得我们小字辈肚皮像皮球一样溜溜地圆,奶奶拍着我的圆滚滚的小肚皮,笑眯眯地祝福:"吃了立夏羹,麻石踩成坑。"长沙人吃糯米粉拌鼠曲草做成的汤丸,说是"吃了立夏砣,一脚跨过河",喻其力大无比,身轻如燕。上海郊县农民立夏则吃麦粉和糖制成的条状"麦蚕",以防疰夏。湖北通山民间在立夏吃泡(草莓)、虾、竹笋,谓之"吃泡眼睛亮,吃虾力气大,吃笋脚骨壮"。闽南更有意思,以海虾掺入面条煮食,虾成红色,与夏谐音,把吉祥之虾(夏)吃进肚子里去,确保九夏康泰舒适。浙东农村的节庆别具一格,以共食"七家粥"、"七家茶"的形式进行村民联谊活动,促进邻里和睦,同心夏耕夏种。道光十年《太湖县志》载:"立夏日,取笋芹为羹,相戒勿坐门坎,毋昼寝,谓愁夏多倦病也。"毕竟,黎民百姓是最务实的,兴家创业、继祖传宗,都必须依仗健康的体魄。在官家不能赐福与民的"苛政猛如虎"的漫长的农耕时代,社会保险闻所未闻,还有什么比健康更值得珍重的呢!

　　岁月历经了太多的轮回,看惯了富丽的庆典和简朴的节仪,依然默默聆听着杨万里"落尽千花飞尽絮,留春不住欲如何"(《送春》)的叹息,向着唐人许浑的"簟凉初熟麦,枕腻乍惊梅"(《闲居孟夏即事诗》)的小满迤逦而去。

小 满

　　二十四节气,都是表示节期的。但细分之,又为四类。一为节期时段,如"四立"、"二分";二为节期气象,如"二暑"、"二寒";三为节期物候,如雨水、霜降;还有一类,直接描述农作物的生态状况,"小满"就是其一。《月令七十二候集解》云:"四月中,小满者,物至于此小得盈满。"刘歆所撰的《三统历》也说:"立夏为四月节,小满为四月中气。小满者,言物长于此,小得盈满。""小得盈满"之农作物,主要是油菜和麦子。油菜半悬金荚果,大麦垂头小麦黄。它们都进入了乳熟待收的时期。

　　"麦随风里熟,梅逐雨中黄"。(北周·庾信《夏日应令诗》)《四时纂要》(唐·韩鄂)云:"梅熟而雨曰梅雨","入梅"潮湿易霉,亦称"入霉"。各地气候不一,梅期也不相同。"闽人以立夏后逢庚日为入梅,芒种后逢壬日为出梅。"2011年梅期为5月15日至6月16日,共32天。华南地区以芒种后逢丙日入梅,小暑后逢未日出梅。2011年为6月10日入梅,7月15日出梅,共36天。中国科学院紫金山天文台编的《2011年——2020年十年袖珍月历》中的"梅雨期"正是这个时间。华北以芒种后壬日入梅,正是福建出梅的日子。梅雨时期,

为了夺得小麦的丰收，还须抓紧两项工作：一是浇好"麦黄水"，二是最后一次追加磷肥。如果干旱，水分蒸发过度，破坏了叶绿素，停止了光合作用，加上缺少灌浆壮籽的肥料原素，茎叶就逐渐枯萎，籽粒就干瘪、皮厚、腹沟深，把临到手边的"大满"丢掉了。所以，农谚云："小满不满，芒种不管。"不管者，临到芒种前后收割时，管也无用了。在农耕主宰国计民生的时代，农民管理作物，真像产妇护理婴儿，一呼一吸，一饮一啄都得投以细心谨慎的关注和照料。

选种也必须进行了。很小的时候，就随着母亲和姐姐，穿行在待收的麦行之间，用稚嫩的双手拔除一根根朝天而指的黑麦穗，只留下一片累累下垂的金黄的穗颗。收割的时候，把经过这一道工序的麦田的麦子，单独打、晒、收藏，留作冬播的种子。"枪杆乌霉拔个遍，来年地里就少见。""麦种去杂在田间，运到场里难分辨。"这是一代代耕作者经验的总结。

为了充分利用地利，勤劳的农民常常在麦地、油菜地里进行套种。妇女们细心地把棉籽、玉米一颗颗套种在麦行、油菜行之间。"小满后，芒种前，麦田串种粮油棉。""麦套棉，两亲家，收了麦子又摘花。""小满节气到，快把玉米套。""麦套花生能增产，先种后浇严把关。"而单独早种的棉花则已经翠生生、绿茵茵地一片棉苗惹人怜爱了。但它嫩嫩的根茎却成了地老虎向往的美餐，早晨还嫩叶摇风、露珠晶莹，一派生机盎然，到了下午，却发现一棵又一棵的嫩苗凋萎倒伏了。现代的孩子大多不知道出现了什么危机，在我们少小的年代，农村的孩子都知道赶紧冒着午后的日晒，用篾片到萎苗的脚土里去掘出一条条黧黄色的蚕虫来，它们

92

就是饕餮棉苗的地老虎。我总不敢用手去捏它,急忙用竹签把它钉住,用另一片竹签将它弄死,掩进土里,化用肥料。但地老虎是捉不完的,父亲常常用六六六药液去喷杀,母亲则常常用六六六粉拌着土灰点在苗蔸上,一则杀虫,二则施肥。除虫以后,要赶紧在被咬死的棉苗处补种棉籽。几天以后,黄嫩嫩的苗芽便又绽土而出了。

此时,插秧已在争分抢秒地进行。现代的双季稻,政府强调"插完早稻过五一",谷雨时节是早插的紧张时期。其实,在漫长的农耕年代,除了亚热带的华南地区,中华大地栽种的都是单季稻,小满前后才正是适宜水稻栽插的季节。雨水丰沛,土地肥腴,一场喜雨,插下的秧苗便一片片地转青,摇曳着绿色的风,生长出绿色的喜悦和希望来。

夏管、夏种,乡村一派活跃繁忙的景象。同时,夏收也吹响了序曲。大麦比小麦成熟略早,所谓"大麦不过小满,小麦不过芒种"。家乡的诗人匡国泰在名为《小满》的诗中写道:

> 连枷声声由远而近
> 感到草屑落满一块巨大的
> 蓝头巾……

描绘的应当是乡村晒打大麦的情景。

夏收未登,小满未满,食不厌精的今人是体会不到一代代先人们所饱受饥饿熬煎的春荒的。"暖风吹,苦菜长,荒滩野地是粮仓。"先人们常常靠苦菜来撑过春荒。《月令七十二候集解》记述小满三候为"一候苦菜秀,二候靡草死,三候小暑至"。古人认为,进入小满,苦菜"感火之气而苦味成",其实是苦菜自身合成的胆碱到这个节气成熟发苦。其味虽苦而涩,却又鲜甜爽口,嫩香清凉,含有人体所需的多种维生

素、矿物质、核黄素、甘露醇和糖类，具有清热、凉血、解毒的功效，医学上称之为败酱草，李时珍称之为天香草，民间称之为苦苦菜。苦苦菜遍布中华大地，是中国人最早食用的野菜之一。传说王宝钏苦度寒窑 18 年，就是靠苦菜充饥活命。当年红军长征途中，曾以苦菜果腹，渡过了一个个难关。江西苏区有歌谣云："苦苦菜，花儿黄，又当野菜又当粮。红军吃了上战场，英勇杀敌打胜仗。"所以，它又被誉为"红军菜"、"长征菜"。"靡草"者，"草之枝叶而靡细者"（《礼记》注），葶苈一类的小草，经不起骄阳的曝晒而枯萎黄蔫，即"不胜至阳而死"。至于"小暑至"，元代脱脱修撰《金史》时，觉得与其后的小暑节重复，改为"麦秋至"，因为"秋者，百谷成熟之时。此时于时虽夏，于麦则秋，故云麦秋也。"东汉蔡邕在《月令章句》中也说："百谷各以其初生为春，熟为秋，故麦以孟夏为秋。"

在人们忙忙碌碌的穿梭里，石榴花灿然开放了，宋代黄孝先吟唱的"风帘燕引五六子，露井榴开三四花"就是此时的景状，但却没有勾勒出石榴开放的是一片红艳艳、紫灿灿的热烈亮眼的风采。莲池也热闹起来了，"圆荷浮小叶"（杜甫语），一团团碧玉似的圆叶擎着一个个绿意阑珊的梦，在晨光中幻着七彩的露珠在叶面上滚动，像是梦的晶莹的碎片。三两声欲醒未醒的蛙鸣，像是梦深处的呓语。而挺立绿梦之上的一朵朵洁白、殷红的荷花，则像神话中的一群仙子，迎着微风，在纯洁清新的童话里摇曳着芬芳的舞蹈，绰约多姿，令人神迷。鱼鳖在莲叶下游弋，水鸟在花叶上轻翔，远胜过丹青名家笔下的孟夏水粉画。明朝刘基的《夏日杂诗》吟道："日暖水禽鸣哺子，风轻沙燕语寻巢。绿荷雨洗藏龟叶，翠

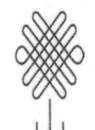

竹烟寒集凤梢。"又说:"菱叶荷花渐满地,红榴绿条正相宜。"虽然风韵不足以传人,但却画出了孟夏水粉画的几许生动清新的细节。

气温一天天升高了。毛毯、床单被撤去了,清凉的簟席为睡卧铺一片清凉。"轻扇摇明月,珍簟拂流黄"(隋·李德林《夏日应令诗》),官宦富家还在精致的簟席轻撒一种名叫"流黄"的异香。除了徜徉在山水间追求暂时的凉适,手里摇着明月般的团扇则是行坐间人们青睐的消暑之物了。当然,现代人有了电扇、空调,是不需要团扇的了,但同时也失去了那份清新自然的诗情雅趣了。

注重饮食调节也是消暑祛热的好方法。四月是梅子黄熟的季节,虽然杨万里说它"酸牙软齿",但它能生津解渴,人们还是乐于食用,所以清人李炳有"柳老抛绵后,梅酸入骨时"的惬意品味。而且,小满时节是万物生长,包括人体生理活动最旺盛的时期,也是人体消耗营养物在二十四节气中最多的时期,清淡进补是健康度过长夏必不可少的措施。常食绿豆、苡仁、冬瓜、黄瓜、苦瓜、莲藕、胡萝卜、西红柿、黑木耳,多进西瓜、荸荠等水果,有益于清热利湿、平胃养阴。当然,荤腥还是要用的,但不宜膏腴厚味,甘肥腻热。蛇肉、鲫鱼、草鱼、鸭肉,你尽管享用,不必皈依释迦牟尼而素食终夏。

"四月维夏,运臻正阳。和气穆而扇物,麦含露而飞芒。"(傅元《夏赋》)。万物繁茂,生机和畅。岁月欣欣然有喜色穿过这个节气,顶着夏云的奇峰,踏着绿荫的驿道,嚼吮着草莓的红艳,披拂着兰芷的芬芳,带着一阵阵鸽哨的谣曲向前方而去。

芒　种

　　芒种是个令人喜悦的节期，因为小麦等有芒作物成熟、收割，可以稍解春荒之饥，过几天不饿肚皮的日子了。小时候，我是十分喜欢这个季节的。一双赤脚相偕童伴在晋人杜预的"草木萋萋"（《仲夏》）里追逐撒欢，一把镰刀跟着父母在《诗经·七月》的"五月鸣蜩"中割倒麦浪，一根扦担追逐村邻在梁人萧统的"赫日流辉"（梁·萧统《文选》）下挑回麦捆，然后摊开在禾场上一番晾晒，山村便上演令我难忘的连枷歌谣。多年以后，我在《乡情》的组诗中还梦绕魂牵地吟唱着"连枷声声"：

　　　　噼嘭，噼嘭，
　　　　连枷声声……
　　　　一声声，敲打着金珠银粒，
　　　　一声声，敲亮了串串笑声；
　　　　白天，连枷在蓝天下飞舞，
　　　　尘芒子，沾满蓝色的头巾……

　　　　噼嘭，噼嘭，
　　　　连枷声声……
　　　　一声声，敲打着冬天的梦想，

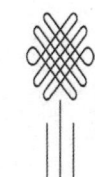

岁月的驿站·下卷

一声声，敲落着汗水的结晶；
夜晚，枷声是一支陈年的谣曲，
星光下，枷声摇曳明灭的流萤……

同时，在那春荒连夏荒的日子，来不及将麦颗晒燥、磨粉，母亲常常迫不及待地从禾场上撮几升刚刚脱粒的麦子，倾进石碓之中，轻轻地溜一溜，用作明天煮成"麦饭"果腹，去应付夏日艰辛的劳作。而今，岁月已经跋涉过时间的万水千山，生活已经上演过沧海桑田的活剧，脱粒机已经将连枷、石碓送进农耕文明的历史博物馆，但我依然时不时地梦见，我牵着母亲的衣角，踏着屋檐下木质的碓尾板，一声声舂踏着乡村古老的黄昏。毕竟农耕是一个漫长的时代，它留给我们的有许多不堪回首的苦涩，也有许多割之不舍的甜蜜呵！而这种苦涩和甜蜜又常常煮为一锅，饲养着我们的灵魂，我们才拥有这般丰富和博大，才生活得这般短暂而悠久！

早油菜也到了收获的季节（迟油菜要七八月才成熟）。割油菜就不同了，要一根一根地割。有的油菜田里间种着豆子、苞米，更要小心谨慎，不要割伤、踏倒了豆苗、玉米苗。晾晒之后，要抱进晒簟里一把把地揉搓。在窸窸窣窣的揉搓声中，棕黑色菜籽哗哗啵啵地从金黄色荚果中曝溅出来，摊在晒簟里，油光汪汪地让人喜爱。这个时候我很兴奋，因为又可以跟着父亲和伯伯去榨油了。

榨油常常在夜间进行，因为白天有干不完的农活。早稻正在分蘖发蔸，有的已经开始孕穗，踩田、追肥、除虫，一步也不能放松。当然，北方还在忙于栽插水稻呢。黄豆需要补蔸、间苗、松土，棉花需要掰杈、追肥、治虫，果树需要疏果、补肥、防虫，玉米、芝麻、黍子要趁湿播种，蚕房、

蜂巢、鱼塘要细心照管，杨梅、枇杷、杏子等要抢时采摘，真是芒种时节忙不赢，村村户户无闲人，榨油当然常常在茫茫夜色的笼罩下忙碌了。

　　油榨坊建在临村的小溪之上，借溪水的流动推动硕大的碾盘，借碾盘的旋转碾碎壮实的菜籽，再将碾碎的菜籽放进高高的甑子里蒸熟，然后用稻草包裹压进圆圆的铁箍里，压成一个个团扇似的菜籽饼，再将菜籽饼喂进油榨之中，用一柄柄木楔把油榨楔得拍满、铁紧。这时，油榨师傅打着赤膊，亮起嗓子，高声吆喝："开榨啰……"，便和伯伯、父亲一左、一右、一后地攥着吊系于房梁的悬石，嘭嘭嘭地撞击着，撞得房子轻轻地摇晃，撞得小黄狗兴奋地蹿动，撞得西斜的星星一闪一闪地眨着好奇的目光，撞得报晓的雄鸡呜呜啼鸣。此时，喷香的气息弥满了油榨坊，琥珀汁般的油液便和山村的黎明一道从油榨里流溢出来，流进碾槽，流进油缸，流进山村的欣喜里。因为我湘西南的故乡呵，乡亲们就靠这种菜油和茶油，滋养着整个农耕文明的漫长的日子和清贫的生活。

　　"芒种芒种，连收带种。"不惟夏收紧锣密鼓，夏种也须马不停蹄。"芒种"者，忙、忙着播种。《月令七十二集解》曰："芒种为五月节……言有芒之谷可稼种也。"晚稻、黍、稷等有芒作物正是播种的时候，中稻抢插、红薯移栽不能错过最后的时机。"芒种插秧谷满尖，夏至插的结半边。""端阳插晚秧，家家谷满仓。""栽秧割麦两头忙，芒种打火夜插秧。""五月栽薯盘大墩，六月栽薯一把根。"千条万条的农谚彰显着作物种植"春争日，夏争时"的紧迫繁忙。

　　当然，由于地域的辽阔，物候的差别，各地的耕作绝无划一之可能。当四川盆地中稻返青，嫩禾油绿，"东风染尽

岁月的驿站·下卷

三千里，白鹭飞来无停处"（宋·虞似良《横溪塘春晓》）的一派生机之时，东北平原小麦还在灌水施肥。稻秧刚刚插完，等待转青；华北地区麦田刚刚开镰收割；西北地区正在给冬小麦防治病虫害。此时，华南一带已经收获早黄豆、播种晚黄豆，为中稻追肥耘田，为早稻追肥壮穗，而西南农村还在抢晴收麦、抢雨种黍。我江南故乡的广袤山野呢，早已秧肥苗壮瓜果青青。那里的许多美妙的经历，常常酿成我童年韵味淳厚的美酒。夜宿瓜棚便是其中之一。

仲夏时分，西瓜牵藤扯叶，一朵朵黄色的小花像满天星斗在瓜田里烂漫，一个个青花小瓜睡卧于藤蔓之中。这个时候，便要搭一个竹木棚架在瓜田旁边，日夜守护着瓜田，防止田鼠、兔子、野猪等动物啃食嫩瓜，也防止好吃白食的夜游神偷摘熟瓜。我很喜欢屋檐下没有的那份野趣，便常常跟着轮流当值的伯叔父兄去守瓜。躺在竹凉床上，呼吸着清凉的夜风吹来的浓浓淡淡的芳香，聆听着远处的池塘传来的高高低低的蛙鸣，阅读着棚外的星星闪烁的神神秘秘的眼睛，在长辈驱赶蚊虫的扇风之中，常常酣甜一觉直到露颗晶莹、霞光四射的早晨，或者在朦胧的梦中坐着弯弯月牙的小船去拜访父亲讲过的孙悟空大战群仙的天宫；或者听读过《三国》、《水浒》的父亲，演绎遥远年代那智取生辰纲、雪夜上梁山的神奇的故事，直听到月落星沉、远鸡啼晓……有时，被邻村的犬吠惊醒，觉得自己还酣睡在一片迷离的幻觉里，有几分新奇和喜悦，也有几分惶惑和恐惧，稚嫩的童年的心从单纯走向丰富，从简一走向变幻。至今，我还不时地在梦中回到那麦熟时节和麦收以后的瓜棚……

有时，小小的螳螂爬到凉床上，我便小心翼翼地捕捉着，

用一根小线系着它的小腿，拿回村去与伙伴们一起斗螳螂。后来才知道，这正是螳螂出生、成长、活跃的季节。芒种时期，"一候螳螂生；二候鹏始鸣；三候反舌无声。"螳螂的前腿像两把大刀，青光闪闪，挺威武的，俗称刀螂。上年深秋的虫卵因感应阳气而破壳出生，迅速成长。同时，被后人以"东飞伯劳西飞燕"（陈·徐陵《玉台新咏》）喻为朋友分离的"劳燕分飞"中的伯劳即鹏开始在枝头跳跃、飞翔、鸣唱；随之，能够弯曲舌子仿效百鸟鸣叫的森林音乐家反舌鸟即百舌鸟，因阳气太盛而停止了花样翻新、欢娱听觉的歌吟，让林子里少了一份机巧的乐趣。

芒种前后还有一场热闹繁华令人难忘，那便是端阳节，如2011年的芒种正好是端阳，端阳又名地腊、天中节、重午节、浴兰令节。名色虽多，其俗却彰明是先民一个防病祛疾、珍惜身体的全民健康日。因为炎夏来临，疫气渐重，保健祛病至为重要。《夏小正》曰："此日蓄采众药，以为蠲除毒气。"《续汉书·礼仪志》曰："五月五日，朱索五色桃印为门户饰，以止恶气。"《礼记》曰："五月五日，蓄兰为沐浴。"《荆楚岁时记》曰："荆楚人以五月五日并踏百草，采艾以为人悬门户上，以禳毒气。"所以，前人的《端午》诗中有"南村久病思求艾"（元·虞集）、"蓬莱宫中悬艾虎"（明·庄昶）之句。至于投粽于江、龙舟竞渡的浓郁风习，那是稍后形成愈演愈烈，以至于掩盖了原来的保健含义而成为全民族纪念爱国诗人屈原的民俗节日，则为端阳的意义的转换了。而正是这种意义的转换，使得这个节日盛况空前，流传千古。

泛舟竞渡又可以消解暑气，驱热就凉。毕竟暑气一天天氤氲难消了，正如庾信的《夏日》所吟："五月炎气蒸，三

时刻漏长……衫含蕉叶气,扇动竹花凉。早菱生软角,初莲开细房。愿陪仙鹤举,洛浦听笙簧。"人间太热,向往伴鹤凌虚,到"水淡淡兮生烟"(李白)的洛浦去乘凉听乐了。这份暑热,即使夜间,也难以稍减。"夜热依然午热同,开门小立月明中。竹林深树密虫鸣,时有微凉不是风"(杨万里《夏夜追凉诗》)。其实,真正的炎燠尚未到来,岁月正汗水涔涔、热气嘘嘘地依律向着赤暑蒸腾的夏日深处而去。

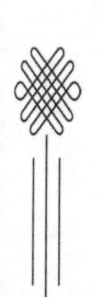

夏 至

　　夏至是二十四节气中最早被确定的一个节气。公元前七世纪即西周末年，先人采用土圭测日影，就确定了夏至。《恪遵宪度抄本》（清·陈希龄）云："日北至，日长之至，日影短至，故曰夏至。至者，极也。"夏至这天，太阳直射地面的位置到达北半球的"极至"，北半球一年中这一天的白昼最长。"白日冗长／夜晚短得只能做半个梦。"故乡诗人匡国泰在《夏至》的短诗题记里，具体可感地触摸到这种现象。《古今历术》（《渊鉴类函》）云："夏至日，昼六十五刻，夜三十五刻。"古人以铜漏计时，分一昼夜为一百刻，以24小时为一日计，一刻为14分24秒。清代开始使用时钟，才以15分为一刻的。其实，《古今历术》说得并不确切，夏至这天，北半球各地昼长并不一致，而是越北越长，海口13小时多，杭州为14小时，北京约15小时，我国最北方的漠河可达17小时以上，而在纬线66°34′的极圈内，则是极昼，没有黑夜。而南半球此时正值隆冬。

　　夏至是我国最早的节日，古称"夏节"，人们举行各种活动以尽"敬节"之意。周代夏至祭神，旨在清除疠疫、荒年与饥饿。《史记·封禅书》云："夏至日，祭地，皆用乐

舞。"宋夏至日百官放假三天,回家与亲人团聚。《礼记》载:"夏至日,祀皇地祇于方丘,岳渎等神从祀焉。""夏至日,祭昆仑之神于泽中,配于后土。"辽则"夏至日谓之'朝节',妇女进彩扇,以粉脂囊相赠遗"(脱脱《辽史》)。《隋书》(唐·魏征)记录:"隋因周制始,每岁夏至,祭皇地祇于北郊。以太祖武元配其九州山川皆从祀。"清代"夏至日为交时,日头时、二时、末时,谓之'三时',居人慎起居、禁诅咒、戒剃头,多所忌讳"(《清嘉录》)。古人把夏至节期十五天分为"三时":前三天为"头时",中五天为"二时",后七天为末时。此时,日含炎煦韵,风送亦非凉。因而韦应物在《夏至避暑北池》中曾经感喟"昼晷已云极……苦热安可当。"同代的张耒也曾在《夏至》中叹息:"崔嵬干云树,安得保芳鲜。"自此,人类进入了体能消耗最大的时期,更兼细菌衍溢,疾病流行,有时雷暴雨狂,洪涝泛滥,有时骄阳如火,赤地千里,常常弄得灾祸横行,饿殍遍地,所以先民一方面希望健康平安,一方面企盼作物繁荣,而又远未有"人定胜天"的能力,于是从商周到明清,就有夏至日祭天祭地祭山神水神,以至列祖列宗,以求灾消年丰的活剧源源不断地上演了。

当然,祈求只是寄托心愿。敬畏自然、膜拜神灵的先民虽然对心造的幻影十分虔诚,但经验和传统教会他们务实,他们知道心愿要靠自己的双手去变成现实。夏至前后,是夺取一年丰收的关键时期,他们顾不得溽暑熏蒸,汗爬水流地穿梭于炎阳的炙烤之中。杂草疯长,与作物争夺水分和肥料,要及时清除。"夏至不锄草,如同毒蛇咬。"早稻扬花抽穗了,要勤于管理,既要保证水分充足,又要能够透气养根。"暴

雨要防涝，无雨车水浇。"漫长的农耕时代，想都想不到现代的长藤结瓜式的水圳、水库串成网络，一遇干旱便可将汩汩滔滔的清流牵进稻田，或者用抽水机哒哒哒哒地一路歌谣把涧水、河水送上梯田，甚至发射冰弹，耕云播雨，驱除旱魃。那时，抗旱最有效的方法就是用水车车水，没有水车的就只能用水桶一担担地挑了。解放初期，山塘、水库还未布局完善，我也曾跟着村人一起车水为人民公社的稻田抗旱。看着一架一架的水车从圳中把涧水车上高岸，场面颇为壮观。我生平第一次吟咏出分行的文字，其实是那个时代盛行的歌谣：

车水忙啦嗨嗨哟／嗨嗨哟啦车水忙／车得蓝天水中摇／车了太阳车月亮／车完溪港车河水／车干井眼车池塘／车得平地南风起／车得满垅蛙鼓响／车水犁翻天水田／车水插下幸福秧／水车吐出万顷水／车得粮食堆成岗

狗屁文字，大话连篇，也许切合那个时代的节拍，居然被省里一家杂志印成铅字，引领我步入爱好文学的不归路。但细想起来，"颇为壮观"的场景，其抗旱的效果实在微茫，所谓"车得粮食堆成岗"只是一句套话假话空话而已！挑水抗旱我也干过。我家没有果树，挑水是为了救菜。久不下雨地开坼，南瓜藤、冬瓜藤瘆靡靡的，白菜秧子蔫耷耷的，红日未升或者夕阳西下时，我就跟着母亲、姐姐到井里挑水，一蔸蔸地浇苗。连续好多天，肩膀都压肿了，还要等来雨天，才能救活一片苗苗瓜瓜。

棉花也开始现蕾了，中耕除草、培土固苗、整枝掐杈，不能疏漏一项。杨梅、荔枝抢收抢摘，不能错过季节。"夏至杨梅满山红，小暑杨梅要出虫。""夏至好食荔，迟摘多

岁月的驿站·下卷

有弊。""夏谷作物播种忙,大豆再拖光长秧。""高粱玉米制种田,拔除杂株要谨严。"一切都关系着秋日的收获和来年的日子。

"过了夏至节,夫妻各自歇。"一年中最炎热的季节来临了。"一候鹿角解;二候蝉始鸣;三候半夏生。"夏至盛暑,"食野之苹"(《诗经》句)的鸣鹿之角开始分解脱落,"居高声远"(唐·虞世南句)的懒蝉之曲临风唱和不息,"消肿散结"(金·张元素《主治秘要》)的半夏之苗时逢"夏半"而生。汉代郑玄注《易通卦验》也说:"夏至景风至","木槿荣"。南风吹拂,白的、紫的、红的木槿花缤缤纷纷地烂漫于灌木丛中,虽然都是钟形,但却无声,从仲夏悄悄地一直开到仲冬。粉妆玉琢的紫薇花则绽放出一团团的纯白、一串串的橙黄、一簇簇的淡红、一堆堆的深紫,透露出雍容华贵的风度,一直挨挨挤挤到西风爽飒才风华敛息。而"好一朵茉莉花",从歌声中浮现到眼前,一阵阵幽香散发一直迷醉到秋天。一片一片的夹竹桃从暮春零零星星开放,此时已经嫣红烂漫,缤纷照眼。人们呢,一个个热衷于寻求各种趋凉的办法。衬衣、T恤、超短裙流行于城市,而单裋、赤膊、短裤衩则在农村装扮另一种风情。如果不是攥着劳作的工具,手中总持有扇子摇风。扇子本是扬谷、煽火的用器,后来加以改进,便成了驱热的凉具。周代开始用羽扇取凉,渐次有了绢扇、纨扇,"轻罗小扇扑流萤"(杜牧)。唐代出现了纸质折扇,更便于携带。民间则就地取材,蒲扇、芭蕉扇、竹片扇,演绎着不同的地域风情。夜间,为了趁凉入梦,竹席、苇席、藤席应运而生。王公贵族讲究身份,比拼奢华,汉代就出现了象牙丝编织的卧席,流传不衰,盛于明清。枕具则有瓷枕、竹枕,颇为凉沁。

岁月的驿站·下卷

107

清末元和（江苏吴县）的画家吴友如的《竹妖入梦》图，就描绘了一个男子抱着竹夫人入梦的情景。户外活动，男子总是头顶斗笠、凉帽，而仕女们总是撑开一朵彩云以遮拦阳光。耕夫、小孩，却喜欢痛快淋漓。赤条条地浮游于溪涧池湖之中，借清莹莹的水波掩饰羞涩和欣喜，洗去暑烦和疲惫。成年以后，我更喜欢"心静凉生"的境界。静处一室，端一杯茶，回环品读着五个横绕在茶杯上的字：

可以清心也／以清心也可／清心也可以／心也可以清／也可以清心

中华文字的精妙和着淡淡的茶香一起注入心头，清气弥漫，逸趣横生。后读晋代嵇康的炎夏"宜调息静心，常如冰雪在心，炎热亦于吾心少减，不可以热为热，更生热矣"（《养生论》），颇有先得吾心之感。

庾信云："开冰带井水，和粉杂生香"（《夏日应令诗》），说明很早以前，人们就用冰水、冰食来消暑了。其实这种做法弊病良多。《颐身集》（清·叶志铣）从中医药角度进行分析说："夏季心旺肾衰，虽大热不宜吃冷冻冰雪、蜜水、凉粉、冷粥。"因为外热内寒，伤及脾胃，轻则令人吐泻，重则"必起霍乱"。西瓜、绿豆汤、乌梅、小豆羹，虽为解渴消暑佳品，冰镇食之，亦伤心肾。饮食宜以清淡营养为上品。可食酸以固表，食咸以补心。荷叶、茯苓、扁豆、苡米、泽泻、木棉花煲粥熬汤，或甜或咸，利于脏腑。苦瓜、丝瓜、黄瓜、冬瓜、海带、鲜藕、西红柿，亦为蔬中佳食。小暑前一个月的黄鳝最为滋补味美。蒜炒鳝片补中益气、滋肝养脾、除风祛湿、强筋健骨，故有"暑前黄鳝赛人参"之说。

"夏雨隔牛背。""东边日出西边雨，道是无晴却有晴"

（刘禹锡）。娃娃的脸，夏日的天，说变就变，虽然晴雨无定，但溽燠却笼罩大野，无事宜少外出。"门闭阴寂寂，城高树苍苍。绿筠尚含粉，圆荷始散芳"（韦应物）。但扶犁荷锄刨食于田土的耕作者是无缘消受这份清闲的，他们只能循着岁月脚步向"三伏"行进。

小 暑

　　岁月的车轮驰入季夏,驰入晋代潘岳"初伏启新节,隆暑方赫曦"(《怀县诗》)的吟哦声中;轮回的节序送来小暑,送来晋代夏侯湛"徂暑彤彤,上无纤云,下无微风"的"三伏"(《暑赋》)。《阴阳书》(《渊鉴类函》)曰:"夏至后第三庚为初伏,第四庚为中伏,立秋后初庚为后伏,谓之三伏。"夏历以干支纪时,从夏至后第三个庚日到立秋后第一个庚日,伏期共30天。照此推演,2011年夏至后第三个庚日"庚午"(7月14日)进入初伏,正是小暑(7月7日)后第七天,立秋后一个庚日"庚子"(8月13日)是末伏。梅雨伏天紧相连,小暑大暑三伏天。《月令七十二候集解》云:"暑,热也。就热之中分为大小,月初为小,月中为大。今则热气犹小也。"小虽小,亦常常高达30℃了,2011年还未立夏的4月26日,高温就冲到了31℃了。27日,高温则飙至33℃。小暑常在农历六月初六前后,相传有"六月六,晒龙袍"的习俗,人们翻箱倒柜把衣服晾晒到阳光下,以去潮去湿,防虫防蛀。"一候温风至;二候蟋蟀居宇;三候鹰始鸷。"夏日因气温升高而吹送郁闷的暑气,炙烤万物的生机;蟋蟀因野外熏蒸而躲进阴凉的墙角,生长丰满的羽翼;飞鹰因地面燠热而升入清凉的高空,练习搏杀的本领。"平生三伏时,道路无行车;

闭门避暑卧，出入不相过"（晋·程晓《伏日》），人们要想方设法避暑了。

宋代哲宗元符四年，钦定小暑为天赐节，皇帝向臣属赐以"冰麨""炒面"。唐代医学家苏恭考证："炒面可解烦热，止泻。"天子赐此物，以示关怀消暑之意。徐州人入伏食羊肉，谚云："伏日羊肉一碗汤，不用神仙开药方。"又曰："六月六，接姑娘，新麦饼，羊肉汤。"《荆楚岁时记》亦曰："六月伏日食汤饼。"临沂人爱护耕牛，伏日煮麦仁汤饲牛，说是"牛喝麦仁汤，干活汗不淌。"虽然，冰饮不利于保健，但人们难耐烦暑，孟夏时节，冰已流行于市。此时，更是冰棍、冰茶、冰粥、冰咖啡、冰啤酒、冰瓜果，诸多冰镇食点，冰凉出一派夏日风情。古人呢，无福消受这么繁多的冰制品，也没有电扇、空调的现代享受，却也有"公子调冰水，佳人雪藕丝"（杜甫《陪诸公子纳凉》）的惬意和浪漫。王侯富家，则更有令人想象不到的靡费豪华。晋人陆翙《邺中记》载云："石季龙于冰井台藏冰，以冰赐大臣。"石季龙即石虎，东晋后赵太祖，距今已1800年矣！到了唐代，用冰更见平凡。《开元遗事》（张九龄）曰："唐都人伏天于风亭水榭，雪槛冰盘，浮瓜沉李，流杯曲沼，通夕而罢。"更有甚者，"杨国忠奢侈，其子弟六月凿冰为山，围筵席，客有寒而挟纩者"（明·冯应京《月令广义》）。纩，丝绵絮也。不仅如此，而且以冰作为行贿结党之物："杨国忠子弟，以奸媚结识朝士。每至伏日，取坚冰令工人镂为凤兽之形，或饰以金环彩带，置之雕盘中，送于王公大臣，唯张九龄不受此惠"（宋·乐史·《杨妃外传》）。至于其它避暑逸事，更是稀奇古怪，匪夷所思。唐人段成式的《酉阳杂俎》记载："明皇以申王

畏暑，赐之冷蛇，白色而不伤人，冷如冰雪。玩之，不复有烦热也。"《杨妃外传》云：赐给杨贵妃的是"却暑犀如意。"唐人苏鹗的《杜阳杂编》说："李辅国家，夏则于堂中设迎凉草，其象类碧而干似苦竹，叶细如松。虽若干枯而未尝凋落。盛暑挂之窗户间，则凉风自至。""碧"者，青绿色的玉石。以此营造一种阴翳清幽的境界而心静自然凉，至于"凉风自至"恐怕未必。《开元遗事》叙述京都豪门避暑的故事，更是令人亦怪亦叹："王元宝，京中巨豪也。家有皮扇，制作甚精。宝每暑月宴宾客，即以此扇置于坐前，使新水洒之，则飒然风生酒筵之间。客有寒色，遂命撤去。明皇亦曾差中使取看，爱而不授，曰：此龙皮扇子也。"其实，这就是用人力以冰浸的井水洒扇降温而已，"飒然风生"亦属形容之词。至于"长安富人，每至暑伏中，各于林亭内植画柱，以锦帐为凉棚，设坐具，招长安名姝间坐，递请为避暑会"，虽则为极尽人力财力之奢靡事，但坐对林岚，亲近自然，也还有几分雅趣。而清贫文士则只能欣欣然有喜色于"我有江阴竹，能令朱夏寒"，"竹深留客处，荷净纳凉时"（杜甫《纳凉诗》）的竹间清风、荷边凉意，全取自然之乐。或者"九衢三伏涨黄尘，病发萧萧墨葛巾；正好关门消永日，可堪曳履见时人"（明·文徵明《伏日诗》），干脆闭门不出，以静为凉。

当然，这些都是有钱或有闲阶层的事，而躬耕陇亩的竹笠短褐者，却依然在"炎天方埃郁"（颜延之）中"流汗正滂沱"（程晓），忙碌着田地里的活计。早稻正在灌浆成熟，中稻已经拔节孕穗，单晚恰值施肥分蘖，双晚急需催秧待插，稻田的管理一刻也不能消停。此时，祖国的宝岛台湾一季稻遍地金黄，正待开镰；二季稻秧苗青青，正待抢插；丝瓜、黄瓜、

岁月的驿站·下卷

113

苦瓜、冬瓜，正值摘鲜，俏然上市。我湘西南故乡的稻田里，田家正创作出一片奇异的风景：一个个稻草人，戴着破旧的斗篷，持着顶端悬挂着一皮棕叶的长长的竹竿，日日夜夜地翘首警戒着，在一阵阵蛙鼓声中，作势扮演着驱赶鸟雀的故事，守护着一天天黄灿的稻穗。鸭和鹅都圈起来了，不能再进稻田里游荡觅食。在雪峰山余脉皱褶里我那名叫回龙桥的小村里，人们都用竹帘子把鸭呀鹅呀圈在坝塘里树阴下的浅水区。那棵人们称为"爷爷树"的苍青色巨伞，虬枝盘旋，绿叶婆娑，要八个男子汉手臂相连，才能围抱树干一圈。它荫翳着大半个坝塘。村人在帘棚里放两条板凳，凳上铺一块木板，木板上摊一片篾席，把饭呀谷呀糠呀撒在席片上，鸭们鹅们胀饱了，就栖在席片上幽幽静静瞌睡，或者悠哉游哉在浅水里嬉戏。但黄鼠狼却时刻觊觎着那些肥鸭胖鹅们，于是白天就由小孩子看守，夜晚由大人们轮流守护。守夜人在树荫下搭个竹凉板，夜风习习吹走蚊蚋，流水从凉板下冲走暑热，飞萤在身边川流，星星在枝叶缝隙间神秘地眨着睡眼，那情景总逗引着我缠着父兄叔伯，隔三岔五地跟着去守夜，常常从夏至守到秋后。多年以后，读到梁代徐擒的"夏景厌房栊，促席玩花丛"（《晚夏》），知道古人也喜欢移席于户外避暑，但又觉得与我之席于水面略逊一筹。

其实，我是喜欢那种守夜的乐趣，怕热到不见得。因为我更喜欢中午时分斗着太阳去吊青蛙。一根长长的竹竿，系一根长长的线，线头串一只肥壮的蚱蜢，垂钓到稻田里，常常可以把一只活蹦鲜跳的青蛙钓进竹篓里来。那时，头脑里没有保护益虫的意识，而钓捕成功的喜悦常常使自己忘记了满身的汗爬水流。入夜，总缠着哥哥去田间捕鱼逮蛙。哥哥

岁月的驿站·下卷

左手提着一个长木把铁丝笼子，笼中燃着松香柴，右手拎着一根底端类似篦梳的铁揸，腰插一根长竹板。看到鱼就用铁篦揸，看到蛙就用竹板拍。也许是火光晃眼，鱼和蛙都呆呆地不动。一揸下去，哗，一条鱼。一板下去，啪，一只蛙。那个乐乎劲，至今想起来，犹自神往。但脚步要特别轻，一有点声音，前面的蛙们就叮嘣叮嘣跳进水里了。有时脚步稍重一点，惊起前面一串叮嘣叮嘣声。我跟在哥哥后面，手中的竹篓越来越重。我们常在田间转到半夜，满载而归的路上，跳进坝塘洗个澡，惬意极了。

　　"小暑天气热，棉花整枝不停歇。"棉花开花结铃，要重施催铃肥，要打杈去老叶，要增强通风透光度，要防治蚜虫红蜘蛛。"棉花入了伏，三天两头锄。"其实，许多作物都需如此。"豆锄三遍颗粒圆。一遍扁，二遍圆，三遍四遍天鹅蛋。""谷锄七遍谷无糠，稻耥三遍稻满仓。"锄"七遍"之"谷"，指的是旱土作物粟，俗称"谷子"。所以，民谚又有"人一入伏，手不离锄"之说。许多果树也已垂实累累，要追肥，要除虫，要抗旱，要防涝。"涝梨旱枣"，各需其宜。果农进入待收的喜悦期。"小暑芒果香"，华南的芒果甜蜜上市，而"莲花之乡"台南县白河镇的同胞正好用新鲜的芒果盛情款待每年来参加"莲花节"的客人。同时，"头伏萝卜，二伏白菜，三伏有雨种荞麦。"许多作物还要下种。"小暑种芝麻，当头一枝花。""天旱的芝麻，雨淋的北瓜。"晴晴雨雨都难有轻松悠闲。渔户也是吃睡不宁。"鱼长三伏，猪长三秋。"换水通气、增饵催肥、防病避瘟、抗涝排洪，日日夜夜都不能懈怠疏忽。今日我故园荷犁执锄的乡亲，毋须交粮，毋须纳税，种田植树尚有补贴，忙完农活还常常吹

115

着电扇、就着空调，悠悠闲闲学习"81号文件"，窸窸窣窣堆砌"4条长城"，但漫长农耕社会历朝历代的耕耘者却很难领略"夏景多烦蒸，山水暂追凉"（隋·李德林《夏日》）的闲适，更不用说品味"冰盘堆果进流霞……凤麟洲上数荷花"（元·周伯琦《夏日》）的奢华了。他们就是在"枝条不动影，草木皆含愁。深林虎不啸，卧喘如吴牛"（欧阳修《夏热》）的境况里赢来一年年的收获，推动了农耕文明的车轮咿咿呀呀地前进。

　　小暑又是雷雨多发季节。"小暑大暑，浸死老鼠。"相传小白龙犯了天条，囚于一个孤岛，唯有六月六这一天，可获恩准回家探母。小白龙探母心切，风雨兼程，带起了惊雷闪电，疾风暴雨。于是，人间便洪涝浸淫了。2010年小暑（7月7日）第二天，湖南西北地区特大暴雨袭击，182个乡镇76万人受灾；第三天重庆177个乡镇65.59万人受灾，湖北十堰、襄樊等五市地区396万人受灾。当然，洪涝并非年年与小暑同步，有的年份五月即已涨洪，迟至九月才会消弥。"积热化滂沱，倾空泻盆盎"（宋·方回《旱行》）。岁月就这样裹挟着一阵阵疾风骤雨，将人们淹没于抗洪抢险的滚滚波涛，淹没于紧张不宁的日日夜夜。

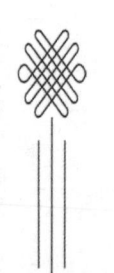

大　暑

　　置身大暑，我真切地感受到古人1800年前吟咏的烦渴："大火飏光，炎风酷烈。沉阳腾射，滞暑散越。区寓郁烟，物焦人渴。煌煌野火，喷薄中原。翕翕盛热，蒸我层轩。温风溰溰，动静增烦。"（后汉·繁钦《暑赋》）。大暑其热更与小暑不同，气温常在35℃左右波动，居高不下。"三大火炉"南京、武汉、重庆一年在40℃左右的酷热就有约半个月之久。其实，比"三大火炉"更热的地方还多，万县、开县、安庆、九江、衡阳、贵溪等地，一年的酷热期就长达40天左右，整个长江中下游就是一个"悲炎节之赫曦，览祝融之御辔"（晋·李颙）的"大火炉"。"一候腐草为萤，二候土润溽暑；三候大雨时行。"水生、陆生的萤有两千多种，陆萤产卵于枯草。大暑时期，萤卵化虫，从草丛间一闪一闪飞出，古人以为是腐草变成的。这时，天气郁闷燥热，土地潮热湿蒸，时有狂风暴雨裹挟着惊雷闪电崩云也似瓢泼倾盆，引起山洪奔泻，水涝横行，把人们拖入浊浪漫溏的灾难和抗洪抢险的紧张之中。

　　从某种程度上说，中华民族的历史是一部与洪涝同行的历史。翻开历代典籍，佐证浩如烟海。上古时期，尧有九年之水，"汤汤洪水方割，荡荡怀山襄陵，浩浩滔天"（《尚书·尧典》）。

118

"割"者，为害。"襄"者，冲上高处，以致"空桑之地，化为洪川；历阳之都，变于鱼鳖"（梁·刘孝标《辨命论》）。《汉书》曰："光武六年九月，连月大雨，苗稼更生，鼠巢树"。单以后汉郭宪《唐志》之载，水灾就难以数记："贞观八年，山东及江淮大水。"神龙元年"自夏以来，水气勃戾，天下多罹其灾。洛水暴涨，漂损百姓。""大历十二年秋，大雨害稼""三万余顷"……以后由于历朝历代的生态破坏，水灾益发频繁。道光十八年（1838年），清湖广总督林则徐在札记中记曰："襄河河底从前深皆数丈。自陕省南山一带及楚北之郧阳上游，深山老林尽行开垦，栽种苞谷，山土日松。遇有发水，泥沙随下，以至节年淤塞，自汉阳至襄阳，愈上而河水愈浅……是以道光元年（1821年）至今，襄河竟无一年不报漫溃。"同治年间《武宁县志》云："大雨时行，溪流堙淤。十年后，沃土无存，地力亦竭。"1931年，长江干堤决口350多处，武汉三镇被淹三个多月，沿江平原、洞庭湖区和鄱阳湖区大部被淹，死亡40余万人，真是"昔涉乃平原，今来忽涟漪"（唐·高适《泛河间》），"不睹行人迹，但见狐兔悲"（梁·范云《渡黄河》），"龙嗔挥水十丈余，千村万落几为鱼"（宋·唐庚《戊子大水诗》），民不聊生，哀鸿遍野。

历朝历代的统治集团并非不重视治水，也并非不关心民瘼。毕竟这是关系到国运盛衰、皇祚修短的大事。"自河决瓠子后二十余岁，岁因以数不登"，汉武帝作歌曰："我谓河伯兮何不仁，泛滥不止兮愁吾人"，"皓皓旴旴兮闾殚为河，殚为河兮地不得宁"（《史记·河渠书》）！于是，汉武帝元光三年（前132年），"洪河之决瓠子，帝亲自塞"（《汉书》）。

"亲自塞"也并非自己去堵洪水口子，而是"使汲仁、郭昌发卒数万人塞瓠子决"，并"自临决河"之地视察而已。其后，"山东被水灾，民多饥之，于是天子遣使者虚郡国仓廪以振贫民。犹不足，又募豪富人相贷假。尚不能相救，乃徙贫民于关以西，及充朔方以南新秦中，七十余万口，衣食皆仰给县官。数岁，假予产业，使者分部护之，冠盖相望，其费以亿计，不可胜数"（《史记·平淮书》）。宋仁宗赵祯时，淮徐山东大水，仁宗指示户部减免租税。有官员提出受灾面积千里，全部减免有损国力，宜派官员调查核实，千里之内有未遭灾的州县，应不予减免。仁宗断然拒绝说：救民于水火，刻不容缓；吾为天下共主，还与百姓斤斤计较吗？至今读之，犹自动容。但是，由于时代的限制，历代统治者匍匐于自然威力的脚下，在很大程度上把治水的希望寄托在礼敬神祇上。汉武帝塞瓠子洪水，"沉白马玉璧于河"；战国时期魏治漳水，三老、廷掾勾结，每年投民间少女于河，谓为河伯娶妇。西门豹治邺，投三老、女巫于河，恶俗乃止。但"西门君去老巫舞，明年却娶河伯妇"（唐庚诗），沉滓又泛起，陋习又绵延。就连治水大匠秦蜀郡太守李冰治理岷江水祸亦"刻石为犀沉于江浦，以压洪水"。北朝魏孝文帝元宏在太和十九年（495年），以万乘之尊祷告"河渎之神"，请求"保我大仪，惟尔作神"，是最高统治者心理和力量取向的代表。噫吁嚱！一部人类文明史，曾经上演过多少庄重而荒唐的故事！于是，"屋扉蚌蛤上，畦亩鱼龙争。嘉种不得入，入亦悉烂死"（元·吴莱《吴中水涝诗》）。于是，"男子无缊袍，妇女无完裙"，"剥树食其皮，掘草食其根"，"死者已满路，生者与鬼邻"，"一女易斗粟，一儿钱数文"，叫人只有仰天长号："何时天雨粟，

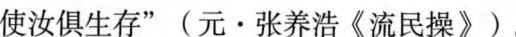

使汝俱生存"(元·张养浩《流民操》)。

当然,时势也造英雄,板荡也出俊彦。面对洪水肆虐,中华文明史上曾源源不断地涌现出治水的圣匠大贤。他们的故事一直流传不息,他们的精神一直滋养着华夏精神和东方文明。上古时期,洪水滔滔,遍流九州。大禹继承鲧的遗志,"克勤于邦,克俭于家"(《尚书·大禹谟》),改"堙"为"导",凿龙门,疏百川,划地为九州,功德传万代。三过家门而不入,百折千难而不馁。"黄河西来决昆仑,咆哮万里触龙门。波滔天,尧咨嗟。大禹理百川,儿啼不归家,九州始蚕麻。"李白的浩歌至今激荡着民族的灵魂。西门豹治理漳水,李冰凿离堆、围造都江堰,苏东坡、白居易为拦洪波灌漫西湖而修苏堤、白堤,于成龙疏浚运河黄河浑河,都留传为千古不朽的佳话。敝郡前贤魏源公重修运河西堤的事功更叫人荡气回肠。1849年夏,大雨连旬,洪水泛滥。魏公受命于危难之际,出任江苏兴化县令三天,来不及去到县衙,就亲临险坝,组织抗洪。当狂风恶浪铺天盖地而来,人民生命财产危如累卵之际,他奔走于风雨之间,呼号于泥泞之中。巨浪将他卷倒,冲走了他的鞋子,他赤足散发,伏于河坝祷告:"小臣魏源,愿以身殉职,代替民死!"他感动了百姓,数十万民工,奋战百里长堤;他感动了上苍,终于风停雨住,全县脱险。然而,56岁的魏公已颓然累倒,被百姓从河堤上抬下。大病稍康,他就深入调查,奏请拨款修堤。从此,运河西堤被人们称为魏公堤,魏公的赤子之心世代传扬。是的,尽职尽责,为国为民,公而无己,持身赴难,品格巍巍如高山,豪气浩浩塞苍溟。正是有了这种精神,中华民族才九万里雷霆轰不垮,十二级台风刮不动,在无数的血火劫难中书写了一部灿

121

烂辉煌的文明史。今天，这种精神更得到了推崇，这种正气更得到了宏扬。1998年，长江洪水汹涌，连续八次洪峰超过历史水位，从湖北、湖南到江西、安徽、江苏，千里抢险堤上，上百万干群官兵严防死守，"突击队"、"先锋队"、"敢死队"旗帜飘扬，挡洪波、扛沙包、筑子堤奋勇争先，九江高围堰某军团千余官兵持续奋战50余个小时不下险堤，气吞山河，可歌可泣！

其实，洪涝并不仅仅泛滥于大暑期间，入夏即已开始，有时直至入秋。1998年5月22日，湘西南邵阳突降暴雨，洪波横溢，湖南省新邵县朗概山脉荒龙山脊出现22公里大面积环形裂缝和山体滑坡。6月25日，新宁县夫夷河两岸一片汪洋。26日，邵阳市区双清路、邵水西路洪水汤汤，数千户居民房屋黄汤浸淹。而进入秋节后的8月下旬，长江自岳阳、武汉至九江一线，还遭受到第七、第八两次洪峰袭击。洪水泛滥几达全年时间的三分之一！难怪古人造字，灾（灾）以灾为头。巛者，川也。水火为灾，水盛于火。

伴随着抗洪抢险的紧张脚步，早稻一天天成熟了。"禾到大暑日夜黄"，"大暑不割禾，一天少一箩"，"插完晚稻过八一"，"早稻抢日，晚稻抢时"，一年中最艰苦的常规农事活动"双抢"如期而至。烈日炎炎，高温焰焰，机声隆隆，汗水串串。"谷如金，汗如雨；一滴汗，一粒谷。"久远的农谚形象地描绘了稼穑的艰难。同时，棉花正壮龄，大豆正开花，玉米正抽穗，要浇水，要追肥，要授粉，要锄草，要治虫，以保一年的辛劳变成丰收的现实。而且，"早熟苹果拣着摘，红荆绵槐到收期"，"大搞积肥和造肥，沤制绿肥好时机"，"塘中缺氧鱼浮头，矾水泼洒盐水救"……一

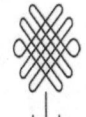

只眼睛看着山里,一只眼睛看着水里,满山的麻雀靠一双手捉,难怪崔道融感慨而兴《田上》之叹:"雨足高田白,披蓑半夜耕;人牛力俱尽,东方殊未明!"

虽然忙,先民们还是忘不了要将大暑送走,以期气候和适。一旦有了意念的萌动,人们总会创造一种具体的方式作为载体。台州人送大暑船就是颇具特色的方式之一。人们事先特造一艘3米宽、15米长的大暑船,中设神龛、香案,满载牺牲酒醴,配备桌椅床被,置具刀矛枪炮,以供五圣享用。大暑前几日,首先在五圣庙举行迎接张元伯、刘元达、赵公明、史文业、钟仕贵五位凶神的"迎圣会"。筛锣击鼓,持香秉烛,著红颂佛,顶礼膜拜,并且延请僧人做五圣道场。然后,礼炮轰鸣,将五圣请上"大暑船",各正其位,享受祭祀,由渔船送至江外海面。送圣后,演3至15天的戏,热闹非凡,以贺"送暑"。送暑船飘得无影无踪,则为大吉大利,皆大欢喜;如若遇潮折回,则为凶煞不去,诚惶诚恐。我们可爱的先民呵,常常将美好的愿望寄寓于自然抉择,艰难的命运交给神灵主宰,留给后世五彩斑斓的奇观。

当然,经验告诉人们,神灵不可全信,送暑还靠自养。因此,仙草羹、莲子粥、老鸭汤、童子鸡,成为大暑期间的流行补品。在祈盼神灵庇佑与自养防暑的矛盾滑稽的情绪之中,"三伏忽已过,骄阳化为霖"(杜甫),他们与岁月结伴而行,走向了隋人薛道衡"高天澄远色,秋气入蝉声"(《夏晚》)的吟哦之中。

立 秋

"城市尚余三伏热,秋光已到野人家。"其实,陆放翁这句诗并不很准确。《阴阳书》曰:"立秋后初庚为后伏。"立秋后的第一个庚日,如2011年立秋(8月8日,农历7月初9)后的第一个庚日(庚子,8月13日)才是后伏的开始。立秋常常在中伏与后伏之间,它与大暑一样,正处于炎热的峰期。所以,民间有"秋老虎"之说。当然,我们并不能以此责怪陆老夫子,因为他的标题是《秋怀》,咏的是"秋光",而且,这是"文学",不能硬作"科学"的要求。如果以科学来评判文学,"白发三千丈"、"银河落九天"则不会成为名句而流传千古了。但以《立秋》为题的,陈代周弘让说"商飙早已惊","木叶动秋声";白居易说"但喜烦暑退","披襟有余凉";唐人司空曙说"卷帷凉暗度","清风似雨余";明人陈昂说"草心蒙白露,衣领受凉风",我以为写的都是黄河以北的感受,而绝非中原和江南气象。

本来,"立"者,交也;"秋"者,禾谷遇火而成熟。立秋,稻稷粱黍趋交成熟,并非就是暑去凉来的意思。《月令七十二候集解》云:"秋,揪也,物于此而揪敛也。"揪敛,聚集收藏。《释名》(汉·刘熙)也说:"秋者,缩也,缩迫万物,使得时成也。"缩是套车时拴在牛马屁股后的革带,

犹言约束。至于立秋的物象说："一候凉风至；二候白露生；三候寒蝉鸣"，也应当是仅指黄河以北的一些地区。所以，范成大《立秋》诗中感叹："三伏熏蒸四大愁，暑中方信此生浮。"

"立秋"是一把季节的刀，它把一年切作两半。范成大继续吟唱："岁华过半休惆怅，且对西风贺立秋。"民间"贺立秋"其实是耕稼者迎接作物收获的一种习俗。"啃秋"就是其一。城里人在立秋当日拎一个大西瓜回家，全家老老少少围着啃食，啃得满口甜润，欢快而喜谑。农村则不同，瓜棚里，树阴下，三五成群，席地而坐，抱着红瓤瓤的西瓜啃，绿瓤瓤的香瓜啃，拿着白生生的山芋啃，金黄黄的玉米棒子啃，豪爽而任诞，啃出辛劳稼穑后的一种轻松，啃出半年希望后的满腔喜悦。

中华民族是一个十分崇尚感恩的民族。秋收季节，首先要感谢土地公公土地婆婆，所以各地普遍举行秋社，即祭祀土地神的活动。秋社起于汉代，后世推延到立秋后第五个戊日。宋代秋社有食糕、饮酒、妇女归宁之俗。唐人韩偓《不见》云："此身愿作君家燕，秋社归时也不归。"同代的王驾的"桑柘影斜春社散，家家扶得醉人归"（《社日》），虽然是写祈求年丰的春社之祭，但秋社醉饮而归的风尚是完全一样的。时至今日，许多地方，仍然流传着"敬社神"、"煮社粥"的习俗。上个世纪二十年代的鲁迅的《社戏》，写的就是赵庄百姓秋社时期旨在娱神而人亦娱的活动。

如果说民间"贺立秋"的活动洋溢着生活的情趣，那么官方的迎秋庆典则分外隆重而整肃。"先立秋三日，太史曰，某日立秋，盛德在金，天子乃斋"（《礼记》）。三日后，天子亲自主持迎节庆典:"立秋之日,天子亲率三公九卿大夫,以迎秋于西郊"(《淮南子·时则训》)。而且,迎节的队伍必须凌晨即起,梳洗打扮,统一着装。"立秋之日,夜漏五刻未尽,京师百官皆衣白绔,皂领,绿中衣,迎气于西郊"(《汉书》)。据《皇览逸礼》记载,队伍浩荡,气象森严:"秋则衣白衣,佩白玉,乘白骆,载白旗,以迎秋于西郊。"一片白素之中,杂显黑、绿,色彩斑斓。因为"秋为白帝之精",而"白帝居西方",所以迎秋时天子要"以白琥(虎形之玉)礼西方",并"孟秋之月,命主祠祭禽于四方"(均见《礼记》),以所获之禽祭四方神灵。接着,"天子祀以太祖,其盛以黍。"因为"黍者,谷之美者也;祖者,国之重者也"(齐·管仲《管子》)。

在民间和官方各自迎节庆秋的活动节奏中,作物一天天成熟了。百姓们也不理会朝廷的那一套,他们真正是在顺应天时忙于收获了。早稻一片片金灿灿的,要赶紧开镰收割;玉米一颗颗黄橙橙的,要赶紧攀摘晾挂;高粱一穗穗红亮亮的,要开始收割贮藏;棉花一朵朵白莹莹的,要开始摘取摊晒;绿豆要摘,糁子要剪,枣子要打,花生要扯;苹果要离枝,葡萄要辞棚,梨子要下树,柿子要出园……欢欢喜喜又忙忙碌碌。同时,秋管、秋种也必须抓准,不误天时。茶园要进行秋耕,松土除草,保水施肥;瓜田要来去照料,除虫防害,摘熟护青。晚稻要抢时插,荞麦要适当播,单晚正圆秆,大豆正结荚,红薯、甘薯、马铃薯的块根正在迅速膨大,都要勤快看顾,细心护理。所以,我家乡的老农说:"脚板打莲花落一样翻过不停,含起饭走。"

尽管这样忙碌,但再忙也忘不了庆祝中元节。中元节俗

称鬼节,我的湘西南故乡称做"七月半",是一项祭祀祖先的传统活动。怀念和礼敬祖先是世界所有民族共通的一种习俗,但从其时间的久远、人数的众多、场面的盛大、性质的隆重来看,世界上任何民族都无法同我中华民族相比。我以为,这是一项色彩缤纷、独具特色的民俗文化活动,应当向联合国申请非物质文化遗产专利,不要闹出端午节成为韩国非遗之类的笑话和中国文化工作者失职的遗憾。我们民族的祭祖有春秋两大盛典。春祭是清明,秋祭是中元。天子要开宗庙,祭天地,祀祖先;民间要开族祠,拜列祖,慰先人;个人要备礼仪,上祖坟,接亡灵。即使远旅异国他乡,也会虔诚地以香烛酒牲,叩拜如仪。可以说,不论地球的哪一个角落,不论晴雨风雪,凡有华人的地方,春秋两祭的日子,都有庄严的祭祖庆典出现。官民咸同,普天共祀。试问:人类还有什么活动能如此自发自觉,能如此广泛同一,能如此久远长盛,能如此虔诚肃穆呢?曾有朋友对我说,这类宗族性的活动,不宜提倡,甚至应当禁止。我说,错,非也。如果没有了一个一个的宗族,哪还有一个一个的民族,哪还有中华民族大家庭?没有了一个个宗族的民俗文化活动,哪还有一个个地域的民俗文化活动,哪还有中华民族丰富多彩的民俗文化?我们不能虚无主义对待祖宗,也不能虚无主义欺骗后人。毕竟我们的血液里流动着一代一代遗传而来的文化基因。时于今日,我的脑海里最为神秘深邃、变幻迷离的印象之一,依然是儿时留下的春秋两祭的斑斓色彩。我曾在《永恒的约会》里,描述过清明节全族在宗祠祭祖的场面,盛大热烈、肃穆迷幻的气氛仍旧栩栩如生。中元的秋祭与清明的春祭大体相仿,全族成年男丁不分官民贫富,按辈份在宗祠排列成行,在三眼铳、鞭炮和禅乐声中，向列祖列宗献爵、献酒、献牲，行三跪九叩之礼，然后聚餐饮酒，大块吃肉，然后看请来的祁阳班子演大戏。不同的是，中元节没有清明节的"放生"活动，却在宗祠里多出了一场令小孩们痴迷神奇的戴着紫黑色面具、穿挂袈裟道袍的傩舞。与此同时，家家户户都用三牲酒醴、香火蜡烛把"老客"迎回家里，一日三餐恭谨上供。我那时尚小，不知道"老客"就是祖先的亡灵，每次作揖时总吵吵说没看见"老客"，惹得小脚奶奶不高兴，责备说："不听话，小心老客怪得你肚子痛。"可老客从来没有怪得我哪里不舒服，我总是在农历十四的薄暮里，高高兴兴地跟着爷爷、奶奶到屋外给老客烧衣冠、烧纸钱，送老客"回去"。现在，我成了爷爷，又带着我的小孙子重演当年前辈送老客的传统节目，孙子壑壑、炜炜就问："老客回哪里去啊？"我指着遥远的故乡的那边，神色黯然地说："老家的那片山上呀。"孙子望着衣冠、纸钱烧化后的灰烬的碎片在晚风中旋翔，像我当年一样神色迷茫。但我想，祭祀先人的传统，也会像我当年一样烙印在他们幼小的心灵。

　　中华民族是一个善良仁慈的民族。中元祭祖的同时，就想到了那些没有后人的孤魂野鬼。于是，妇女们便带领小孩，用硬纸折叠出一只只小船，或一朵朵荷花。临黑时，在小船或者荷花中央放上一盏小灯或者蜡烛，点燃之后放在江湖河海之中，任其漂泛。这就是"放河灯"，也称为"放荷灯"。据说一盏灯可以招慰一个孤魂，送其寻找超生的路。肖红的《呼兰河传》就描述了这种民俗："七月十五是个鬼节，死了的冤魂怨鬼，不得托生，缠绵在地狱里非常痛苦。想托生，又找不着路。这一天若是有具死鬼托着一盏河灯，就得托生。"

129

肖红描述的是北国一隅的民俗。其实，这一夜，从呼兰河到台北的淡水河，从博乐的艾比湖到南沙群岛的海湾，从雅鲁藏布江到舟山的渔港，在祖国千千万万的江河湖海里，星星点点的河灯遥相映衬，漫天星斗也似演绎着中华民族一种亘古的民俗风情。如果我们能从高空用一种高科技望远镜看到这种景象，一定会感悟到一种深刻博大的文化心理，而为之心灵震撼！小时候，我跟着梅姐和邻舍妇孺们，一起到村落门前田垅里的螺丝涧放河灯，看着河灯越漂越远，影影绰绰，浮浮沉沉，总觉得一盏河灯里栖着一个孤魂。也许是人多，虽然一个个都静默着（怕吓着孤魂野鬼），却没有一丝的害怕。不但不害怕，看到河灯摇摆不定，我总以为是孤鬼没有抓稳河灯，还在心里暗暗为它使劲儿。佛教亦有类似活动，七月十五日僧尼结盂兰盆会，俗称放焰口，盆中置百味五果（桃李杏栗枣），诵经施食，以解饿鬼倒悬之苦。

　　当贺节的喜庆和祭祖的思念谱写的情绪二重奏随着季节向前延伸的时候，人们渐渐地感觉到"昊天清且高，秋风发初凉"（南朝·宋·南平王刘铄《秋歌》），而且一到夜间，便开始"月淡烟沉暑气清"（吴融《凉思》），有点儿秋凉的意思了。

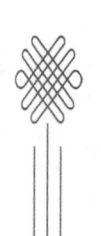

处　暑

　　伴随着杜甫"三伏忽已过,骄阳化为霖"的吟诵,岁月的脚步叩响了处暑的大门。"处,去也,暑气至此而止也。"《礼记·月令》又云:"孟秋之月,凉风至。"天气是一天天地凉了。"盲风度函谷,坠露下芳枝"(梁·简文帝《秋晚》)。我的家乡有"七月半,看牛伢子伴田圻"的说法,放牛的娃娃瑟缩着靠在背风的田圻下躲避寒凉了。特别是下得几场雨,则更显出"露凉催蟋蟀,月白落芙蓉"(宋·赵孟頫《新秋》)、"蝉悲西风树,燕乱斜阳草"(宋·司马光《秋意》)的清凄气象来。当然,任何事物都不是一刀切的,暑热并非就已销声匿迹。太阳的直射点继续南移,北方的气温开始走低,东北、华北、西北的雨季开始结束,天青云淡,秋高气爽,一个美好的季节来临了。而南方呢,"处暑正当暑","秋老虎"余威尚在。特别是中午,炽热不止,懊闷难适。但毕竟炎夏已过,一到夜晚,则进入了繁钦的"月朦胧以含光,露凄清以凝冷"(《秋思赋》)的境界,暑气已敛翅伏息于山林。

　　《月令七十二候集解》记载:处暑"一候鹰乃祭鸟;二候天地始肃;三候禾乃登。"前五天鹰感秋之肃杀之气,开始大量捕获鸟类,摆在地上,好像先祭而后食。同时,鹰不击有胎之禽,故古人谓之义鸟。又五天万物开始凋零,不仅"袅

袅兮秋风，洞庭波兮木叶下"（《楚辞·九怀》），而且如傅元之吟，"萧萧秋气升，凄凄万物衰；荣华尽零落，槁叶纵横飞"。这是一个肃杀的季节，朝廷就行秋季该办的政令了。说来可笑，王公大臣们认为秋季该办的除了乘熟征课赋税、收粮收银子，就是练兵征伐和斩杀囚犯了。因为"七月谓之夷则。夷者，伤也；则者，法也。言万物始伤，被刑法也"（《释名》）。"秋，霜始降。""霜，杀伐之表。""王者顺天行诛，以成肃杀之威"（魏·宋均注《春秋感精符》）。呵，原来如此！"秋日凄凄，百卉俱腓"（《毛诗》）。老天爷在秋天叫百草都枯萎，"王者"当然"顺天"显威，要让草民也"枯萎"了。所以，迎秋，"还，乃赏军。率武人于朝，命将率选厉兵，简练俊杰，专任有功，以征不义，诘诛暴慢，顺彼四方"（《淮南子·时则训》）。这是对待造反者，或不顺从的"四夷"，以求大局稳定。而对内呢，则大力严惩"刁民"。"孟秋之月，审断决狱，讼必端平"，"仲秋之月，天子乃命有司，申严百刑，斩杀必当"（《礼记》）。这就是"秋决"的来由了。

季节却不管朝廷的威仪，庄稼"乃登"，许多农作物该收获了。其实，早稻收晒已毕。湖南的农谚说："立秋处暑天渐凉，玉米中稻都收光。"山东也说："处暑风凉，收割打场。"河北则说："立秋处暑，喜报丰收；精收细打，颗粒不丢。"一些瓜果再不收，就有熟烂的危险。人们应节而收、割、打、晒、藏，一片忙碌，连小孩都提着篮子跟在长辈后面拾掇丢弃的稻穗，并忙于送水送饭。

收摘的喜悦之中，秋管、秋种也热热闹闹、忙忙碌碌地进行着。双晚正在圆秆，棉花仍要摘絮。"处暑萝卜白露菜，秋后半月种荞麦。"萝卜是中国最古老的蔬菜之一，有菘、葑、

133

苞突、蔓菁、莱菔等别称。《鄘风·桑中》云："爰采葑矣？沫之东矣。"哪里去采蔓菁菜？沫乡城邑的东郊。这是诗歌中关于萝卜的最早咏唱。萝卜在地里生长只要两个月。四五月种，六七月扯。五六月种，七八月扯。处暑时节种，寒露霜降期间就可以收。也可以晚种晚收些。"冬吃萝卜夏吃姜，不要医生开药方。""萝卜上市，医生没事。""萝卜进城，医生关门。"因为萝卜"下大气，消谷和中，去邪热气"（明·李时珍《本草纲目》），实在是个好东西。荞麦是中国的原产作物，公元前五世纪《神农书》列其为八谷之一。现年播220万公顷，产量90万吨，仍居世界第一。其中备受青睐的苦荞可以防治高血压、冠心病、糖尿病，年产33万吨，四川凉山地区就占11万吨。它和萝卜一样，四季可种，黄河流域多为夏荞，华中、华南多为秋荞。可条播、可穴播、可厢播、可撒播。播下以后，少则50余天，多则90余天，即可收割。因此常可利用冬闲的地力。"凡荞麦南方必刈稻，北方必刈菽稷而后种"（明·宋应星《天工开物》）。过去，缺田少地的贫民特别喜欢。看来，三秋繁忙如春夏，农事四季无闲时。

　　但收成还要看老天爷的脸色。如果来一场秋旱，一年血汗的结晶又会打了水漂。因为这个时期作物需水量大，而水分又极其容易蒸发，旱魃常常肆虐横行。民谚概括说："立秋有雨丘丘收，立秋无雨人人忧。""立秋雨淋淋，遍地是黄金。"老父亲在世的时候，立秋前那三天，天天清早起来看云，看有不有下雨的征兆。他说："有雨摇动秋，年成得丰收；无雨火烧天，干死蛤蟆田开坼。"因为"立秋反比大暑热，蒸笼罩地火烧天"。这是先民们几千年经验的总结。漫长的农耕时期，旱灾频仍，人们饱受其害。《世说》（南

岁月的驿站·下卷

134

朝·宋·刘义庆)记载："汤时,大旱七年。洛川竭,煎沙烂石。"《洪范·五行传》(汉·刘向)曰："鲁桓公五年,大雩,旱也。"《公羊传》(春秋齐·公羊高)解释说："大雩者何,旱祭也。"其注云,"祭言大雩,大旱可知也。"查阅典籍,我们会看到无年不旱、无地不旱的记录。而在那科学落后,生产力水平低下的蒙昧时代,人们对旱灾的认识十分肤浅,抗旱的办法与防涝的办法一样,都是祀神,效果就可想而知了。《黄帝内经》云："日中三足乌见者,大旱赤地。"鲁国大旱的原因是"公弑君",而"晋国大旱,赤地三年"的原因是晋平公"德薄","不足以听""清角"之音而偏要听(左丘明《左传》)。旱因如此,抗旱的办法就是祭神求雨,"大旱则率巫而舞雩"(《礼记》),"旱,公卿行雩礼求雨,闭诸阳门,衣皂衣,兴土龙,立土人,舞童二佾"(《续汉书》)。佾,舞蹈的行列。"二佾",二二得四人,编队而舞以娱神。据说神祇一高兴,就降雨止旱了。结果呢,"下田半湿高全圻……焉知饥死捐沟壑"(杨万里《悯旱》);"饥人忽梦饭甑溢……形容可似丧家狗"(苏轼《久旱望雨》)。时至今日,水渠成网,塘库结瓜,旱魃还是未能完全制伏,人们还是时常受到威胁。1998年8月24日《邵阳日报》载：持续近两个月的高温晴热,邵阳市152万亩面积受旱,24.85万口池塘干枯12.16万口,1100条溪河333条断流。2011年春旱夏旱联翩,湖南亦受其害。6月2日报道,发射千枚增雨弹,旱情也只得到"缓解"。《邵阳日报》8月31日报道："至8月28日,全市水利工程蓄水总量为5.4亿立方米,不到应蓄水量的30%,境内210条河流断流,全市共有59.9万人、24万头大牲畜发生饮水困难,304万亩农作物受旱,其中重旱122.73万亩、干枯49.21万亩,

岁月的驿站·下卷

135

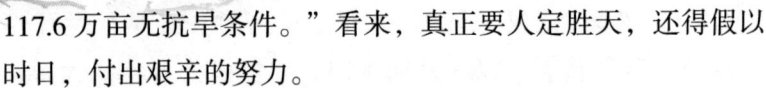

117.6万亩无抗旱条件。"看来，真正要人定胜天，还得假以时日，付出艰辛的努力。

有闲阶层是不管天旱天涝的，他们依然在处暑时节出游迎秋。因为暑气渐褪，正当明代李宓的"金风荡佳节，玉露团清影"和南朝宋代谢惠连的"团团落叶露，浙浙振条风"的时候，正是迎秋赏景的好时机。民谚云："七月八月看巧云"，也有踏秋赏霞的意味。

沿海的渔民则有另一番习俗，要庆贺一年一度的开渔节。处暑期间，鱼虾贝类发育成熟，但水温依然偏高，鱼群还停栖海域周围。这时，东海休渔结束，要举行盛大的开渔仪式，欢送渔民开船出海捕捞。在信息和交通发达的今天，开渔节更具有现代色彩。浙江省象山县2006年举办了第九届中国开渔节，广邀国内国际友人，一方面宣告从此时开始，人们又可以享受到种类繁多的海鲜；另一方面也是海产丰收订货促销的一种商业活广告。在节日的欢快气氛里，觥筹交错的供求双方就签下了一单一单的购销合同。

带着农事繁忙的一串串脚步，带着旱魃侵凌的一丝丝忧虑，处暑艰辛地走完它三候的历程，将岁月送至"疏林积凉风，虚岫接凝霄；湛露洒庭林，密叶辞荣条"（晋·孙绰《仲秋》）的白露的面前。

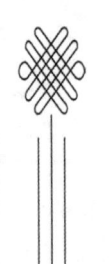

白 露

"蒹葭萋萋,白露未晞"(《诗经·蒹葭》)。青幽幽的芦苇一派茂密,白莹莹的露水一片淋漓。这正是白露的景象。白露是九月(农历八月)的头一个节气。由于温度降低,水汽在近地物体上凝结成一层亮亮晶晶的水珠,所以称为白露。白露实际上是天气已经转凉的物象。俗语云:"处暑十八盆,白露未露身。"处暑仍热,每天要用一盆水洗澡,洗过了十八天,到了白露,就不要赤膊裸体了,以免着凉。"白露秋分夜,一夜凉一夜。"《月令章句》云:"仲秋白露节,盲风至。"郑玄注曰:"盲风,疾风也。秦人谓疾风为盲风。"《楚辞·九怀》亦曰:"秋既先戒以白露兮,又申之以严霜。"白露三候也形象地反映了这个特点:"一候鸿雁来;二候玄鸟归;三候群鸟养羞。"说的都是鸟。大雁因趋暖而翩翩列阵,离开北地;燕子因避寒而剪剪远征,回归南国;群鸟因过冬而点点积攒,储备果粟。羞,食物也。鸟兽如此,人类亦然。《礼记·月令》记载:"仲秋之月,趣民收敛,务畜菜多积聚。"趣者,促也,催促百姓积聚菜食以为御寒冬用之物。鸟要避寒备食,人亦如此。年高体弱者更需要关心呵护。天子为天下共主,必须做出榜样,意思意思。于是,于"仲秋之月,养衰老,授几杖,行糜粥饮食"(《礼记》)。当然,时间晚一点也可以,不一定在"仲秋"。宋人程大昌在《六帖》中叙述更为具体："开元二年九月丁酉，宴京师耆老于舍元殿，赐九十以上几杖，八十鸠杖。妇人亦如之赐其家。"几，几案，坐而靠身之器；杖，拐杖，行而扶持之物。考虑还颇为细致。鸠杖，刻有鸠头之杖。鸠为不噎之鸟，希望老人饮食不噎。当然，未必不噎，但其祝福之意还是美好而有人情味的。当然，身边的群臣更要表示亲近："明皇秋八月，太液池有千叶白莲，数枝盛开，帝赏宴"（五代·王裕《天宝遗事》）。天子有爱民之示，臣民的礼敬自然有加："唐高宗时，凡天子游幸，秋登慈恩浮图，众僧献菊花酒称寿"（《渊鉴类函·天时》）。同时，朝廷于秋季考课功绩，升一批，赏一批，激励百官："以八月考其治，销兵为上考，足食为中考，边功为下考"（欧阳修《新唐书·百官志》）。我觉得这个标准体现了"以民为本"的原则：所治之境，百姓安乐太平为上等，百姓有饱饭吃为中等，百姓不宁而有边塞战功只列为下等，还真有点保境安民的实意，应当是符合民意而颇受欢迎的。

　　生者如斯，逝者亦不可忘："仲秋，命宰循行牺牲"（《月令》），命令掌管祭祀的官吏率巫祝按照老规矩准备全猪全羊全牛，以礼祭祖先。而后，"大飨，帝食牺牲，告之于天下"（《礼记》）。同时，对其它神祇也须礼仪周全："享寿星于南郊，祭马祖于大泽"（《月令》）。祭祀寿星，庇护老者心广体胖；祭祀马祖，保佑马匹膘肥体壮。要知道，秋季是常常需要征战杀伐的季节，没有骁勇的战马以供驰驱，首先就败了一招！至于"新稻熟，迎于南门外，烧新稻以供佛"（元·周达观《真腊国风土记》），说的是柬埔寨风俗，我以为是暴殄天物，佛亦不容！总之，"秋曰白藏，亦曰收成"

岁月的驿站·下卷

139

（梁·孝元帝萧绎《纂要》），劳累了大半年，已到了收获的季节，秋气白而万物藏，瓜果收而稻粟成，加上"百工休"的寒冷季节正步步紧逼而来，有条件也有必要关心一下民生，做一点应该做的好事了。

其实，古代官家的好事只在很狭窄的范围里进行，天下的草民们是很少能沾其恩泽的，而且，古代并没有电视和报纸，除了活动圈子内的人，百姓是连信息都不知道的。即使知道，那也与他们无关。他们依然日出而作，日入而息，在黄土地里播种和收获自己艰辛的生活。"白露白迷迷，秋分稻秀齐。"他们希望白露时节露水汹汹，晚稻有个好收成。"草上露水凝，天气一定晴。"也就是说，希望白露前后阳光普照，千万来不得秋雨连绵。因为雨天对晚稻扬花抽穗、中稻收割翻晒、棉株爆桃绽花，都是极为不利的。所以，农谚有"白露天气晴，谷米白如银"的说法。《诗经·豳风·七月》曰："八月萑苇"，"八月载绩"，"八月其获"，"八月剥枣"，"八月断壶"，割芦苇、编帘席、砍苎麻、纺麻线、挥镰刀、收谷物，乃至打晒枣子、收摘葫芦，还有核桃要打、花椒要摘，冬瓜要下架，南瓜要离藤，白菜要浇水，萝卜要追肥，都挨挨挤挤排满在白露时节。

聆听着白露的足音，中秋节情意绵绵地顺序而至。因为月亮离人间最近，"百星之明，不如一月之光"（楚·辛计然《文子》），此时，"暮云收尽溢清寒，银汉无声转玉盘"（唐·蒋防），"圆魄上寒空，皆言四海同"（唐·张乔），一轮朗月，团如镜圆，不仅清辉满碧空，而且"影落江湖上，蛟龙不敢吞"（明·建文帝朱允炆《赋新月诗》），加上禾稼之登，秋收之喜，人们当然欢欢喜喜庆贺亲人团聚了。如果亲人远在他

岁月的驿站·下卷

乡，则感到虽在天涯，也同在一轮月照之中，"故园松桂发，万里共清辉"（杜甫《月》），因而思念倍增，"三五二八时，千里与君同"（鲍照《玩月诗》），似有几许亲切之感。但这终究只是一种心灵安慰，愈发叫人思念难奈。于是，"今夜月光来，正上相思台；可怜无远近，光照悉徘徊"（梁·简文帝《望月诗》），远近想念，怅望难眠。故白居易《新月》云："万里清光不可思，添愁益恨绕天涯。谁人陇外久征戍？何处庭前新别离？失宠故姬归院夜，没蕃老将上楼时。照他几许人肠断，玉兔银蟾远不知。"别满人间，愁满人间，由此觉得"兔寒蟾冷桂花白，此夜姮娥应断肠"，而且"碧海青天夜夜心"（李商隐），神仙也后悔偷吃灵药远离故园了。既然圆月不能麻佑人间团圆，人们自己便创作出种种团圆的故事来。"八月十五日为中秋节"，"三公以下献镜及盛露囊"于唐太宗（《渊鉴内函》）。这还不够，干脆把圆月取到人间来。"唐太和中，周生善道术。中秋客至，周曰我能梯云取月，置怀袖中。因取筋数百条，绳梯架之。闭目良久，忽天黑，仰视无云。俄呼曰：至矣。手举其衣，出月寸许，一室尽明，寒入股骨"（《宣室志》）。但这只是神话，并不能满足普遍的心理需求，于是人们便制成圆圆的月饼来象征团圆。月饼原初并不是民间流行的食品，而是祭月供品的一种。月饼的始祖是殷、周时期纪念商朝太师闻仲的薄边厚心"太师饼"。汉代张迁出使西域，引进芝麻、胡桃，作为饼的佐料，便出现了胡桃仁馅的圆饼，名曰"胡饼"。唐高祖李渊年间，大将军李靖征讨匈奴得胜，八月十五凯旋而归，有经商者献"胡饼"祝捷。李渊接着异域风采的华丽饼盒，拿出"胡饼"，笑而指着空中明月说："应将胡饼邀蟾蜍。"然后，与群臣一起分食圆饼。

于是，此风慢慢传开，盛行宫庭与民间。一年中秋，唐玄宗与杨贵妃赏月吃饼，玄宗嫌"胡饼"不好听，杨贵妃望着明月，脱口而出"月饼"二字，于是便流传开来。苏东坡以"小饼如嚼月，中有酥和饴"来称赞月饼。明代田汝成《西湖游览志》云："民间以月饼相馈，取团圆之意。"清代袁景澜《咏月饼》云："入厨光夺霜，蒸釜气流液。揉搓细面尘，点缀胭脂迹。戚里相馈遗，节物无容忽。"时至今日，交通发达，信息畅通，远别之人，即使是远隔海峡之亲友，要想相聚，亦属容易，中秋已是喜庆多于幽怨，使人想起宋代秦观的《中秋月》："照海旌旗秋色里，激天鼓吹月明中，香槽旋滴珠千颗，歌扇惊围玉一丛"，真是"此际若无月，一年空过秋"（唐·司空图）了。

中秋一过，秋风一阵一阵紧了，"碧云天，黄花地，西风紧，北雁南飞"（《西厢记》），人们必须根据气候的变化调节自己的生活和精神了。《黄帝内经·素问·四气调神大论》云："圣人春夏养阳，秋冬养阴。"南京人爱好喝白露清茶，以应清秋之气。这种茶不像春茶那样鲜嫩浓郁，也不像夏茶那样干涩味苦，而独具一种甘醇清香之韵，饮之敛气宁神，清肺润心。湖南资兴的白露米酒更是秋饮佳品。配制此酒的取水、方法颇为独特：先酿好"土烧"白酒，再将三倍糯米糟酒与之配制，掺入适量的糁子水后，入坛密封，窖于地下，数年乃至数十年后取出饮用，视之褐红，斟之现丝，清香扑鼻，入口甘醇。资兴自南宋至民国初年咸称兴宁。清光绪元年（1875年）《兴宁县志》云："色碧味醇，愈久愈香。"至于饮食，自立秋后，生地熬粥、黄精煨肘、荷叶燉鸭，皆为药膳佳品；银耳百合梨羹、绿豆莲子粥、泥鳅豆腐煲，尤其有益老者；秋气干爽，宜清淡薄旨，常食瓜果，红枣、甘蔗、西红柿、胡萝卜，有益无害。

岁月的驿站·下卷

当然，还须运动健身。《素问》曰："秋三月……早卧早起，与鸡俱兴。"早卧循阳气之收敛，早起顺肺纳之舒张。如果能加上心神宁静、情志清寂，进入宋代舒亶吟咏的"纤尘不动天如水，一色无痕月共霜"的素淡境界，则必能健康愉快而无疑。

秋 分

　　沿着"蒹葭采采,白露未已"的驿道,岁月的步履踏着"柔条旦夕动,绿叶日夜黄"(晋·左思《杂诗》)的节序的律动,进入了"轻飘梧叶落,暗度桂花香"(宋仁宗《秋风诗》)的秋分时节了。

　　秋分,分秋之意,秋季走过了一半的行程。《春秋繁露》云:"秋分者,阴阳相半也,故昼夜均而寒暑平。"暑已过而寒未至,"爽气澄兰沼,秋风动桂林;露凝千片玉,菊撒一丛金"(唐太宗《秋日诗》),实在是日丽风和、秋高云淡的好节期。

　　"一候雷始收声;二候蛰虫坯户;三候水始涸。"一进入秋分,生发于春分的喧闹雷声便开始敛翅息声了,似乎像虫子一样进入了休眠的状态。而蛰虫呢,真正开始培土构穴,营造冬眠的巢室了。《豳风·七月》也说,蚂蚱、莎鸡那些小虫"八月在宇",藏在屋檐下栖身,"九月在户",躲进家里面潜伏。再稍后,潦水开始干涸。于是,"云既净而天高,潦将收而水洁;凝珠露之凄冷,镜青山之晃澈"(唐·虞世南《秋赋》),山高月小,水落石出,一个赏心悦目的节期到来了。

　　这是丹桂飘香的季节。桂花别称木樨、崖桂,晋代嵇含《南方草木状》云:"桂有三种,皮赤者为丹桂,叶如柿者为菌桂,叶似枇杷者为牡桂。"桂花是中国人民特别喜爱的一种花,

文人学士们颇多吟咏。"枝生无限月，花满自然秋"（唐·李峤《咏桂》），"影近画梁迎晓日，香随绿酒入金杯"（刘禹锡《酬令狐楚别斋初栽桂树见怀之作》）。因为桂花的美好和神奇，"丹花绿叶郁团团，消得嫦娥种广寒"（陆放翁《山僧野人求之作绝句》）。于是，"根非生下土，叶不堕秋风"，"影高群木外，香满一轮中"（唐·张乔《月中桂诗》），"昨夜一枝生在月，婵娟可望不可折"（唐·僧皎然《赋得青桂歌送徐长史》）。因而，人与桂花有缘，则显得高洁清拔。"月窥尊里如相伴，人立花边自不凡"（宋末·黄庚《咏木樨花》）。而且，桂花馨香去秽，醒脑提神，可以防病健体，宋代范成大病中就以桂花相伴："病著幽窗知几日，瓶花两见木樨开"（《崖桂》）。至今读之，风韵油然。所以，官宦富豪，常植桂花于庭，以雅观瞻。《本草》记载："齐武帝时，相州送桂树，以植芳休苑中。"至今公园、街巷，仍以植桂为珍。平常人家庭院里若有一二株桂，便显得与众不同。若能以桂树构架房屋，则更为尊贵。晋代葛洪《汉武故事》云："甘泉宫南有昆明池，池中有凌波殿，皆以桂为柱，风来自香。"而且，桂花是佳肴珍食的绝美佐料。汉代郭宪《洞冥记》记载，以桂露饮龟，龟能言。这恐怕是东方朔诳人的鬼话，但桂露可食却是事实。汉代刘向《列仙传》曰："范蠡好食桂。"宋代陈令举《庐山记》曰："吴猛将子弟过三山梁，见老翁坐桂树下，以玉杯承甘露与猛。"现代科学发达了，以桂花做佐料配馅的月饼颇为市场青睐，惜其价格昂贵，非富家不敢问津。

桂花与中国人民还有一层更亲密的关系，那就是桂花盛开的时候，正值亲人团圆的中秋节。人们将桂花与团聚连在一起，亲切与温馨之情便溢满心头。中秋赏桂，"苍苍山中桂，团团霜露色"（《文选》），不仅牵系着天涯游子的怀亲之情，而且激荡着海峡赤子的故国之思。

莘莘学子对桂花更有一种向往情愫。晋郤诜举贤良对策最优，自谓"犹桂林之一枝，昆山之片玉"，故后世称登科为"折桂"。唐宋明清的科举考试常常安排在八月举行，称为秋闱，或者秋试，考中者誉为"折桂"。杜甫诗云："攀桂仰天高"，是说参加京师秋闱，高中折桂，就成为了天子门生。时至今日，说法依然。2010年湖南省邵东县两市镇四中高考联有"折桂蟾宫当有时"；同县创新学校高考联有："几多鲲鹏折丹桂"，都是祝愿考生高中的意思。桂冠本指桂花编织的冠，取其清香高洁，今人谓各行各业优胜者为"夺取桂冠"，亦是"折桂"一词衍演而来。

这还是蟹肥蛙壮的季节。宋代吕亢《蟹图记》曰：蟹有十二种，如按大小排列，大致为蟳蜅、拨棹子、拥剑、竭朴、倚望、蟛琪、蟛蝟、沙狗、望潮、石蜠、芦虎、蜂江。除"蜂江如蟹两螯，足极小，坚如石，不可食"外，其余皆"八月间盛出，人采之"。所以，稻熟时节即蟹肥上市，故梅圣俞有"年年收稻买江蟹"之句。蟹貌似凶横，如杜牧所咏"未游沧海早知名，有骨还从肉上生；莫道无心畏雷电，海龙王处也横行"（《咏蟹》），但其膏髓胜脂、腹黄韵沙，"酥片满螯疑作玉，金穰镕腹未成沙"（杨万里《糟蟹诗》），的确是美味佳鲜。因此，常常作为珍品送友赠人。苏轼《丁公点送蟳蜅诗》云："半壳含黄宜点酒，两螯斫雪劝加餐。"元代张宪《中秋碧云师送蟹诗》曰："红膏溢齿嫩乳滑，脆美簇簇橙丝甜"。高启《赋得蟹送人之官诗》说："香宜橙

岁月的驿站·下卷

147

实晚,肥过稻花秋。"明代青藤道人徐渭在《钱王孙饷蟹诗》中,咏唱了"用字换蟹"、佐酒行乐的任诞:"百年生死鸬鹚杓,一壳黝黄玳瑁膏。"而今秋蟹成了大众的美食。2004年秋我在厦门,2008年秋全家在杭州,友人都以阳澄湖大闸蟹盛情招待,似乎秋宴无蟹不成席了。家常美食当中,人们亦常常自制油酱毛蟹。剖蟹清洗,去爪剔腮,以剖处涂有面粉的一面朝下,入油锅煎至五成熟时,翻面再炸。待蟹壳红亮,加入葱屑姜末、黄酒白糖、陈醋酱油,再以清水烧八分钟左右即收浓汤汁,入味精,用水淀粉勾芡,浇上少量明油。食之,香脆酥滑,微甜薄酸,益阴补髓,清热散淤,美于口而利于身。

　　至于蛙,水陆两栖,种类更为繁多,但捕为盘中菜肴的主要是青蛙,俗称田鸡。当然,还有牛蛙、石蛙。"稻花香里说丰年,听取蛙声一片"(宋·辛弃疾《西江月·夜行黄沙道中》),它们也在稻熟时节成为人们贪享口福的对象。说到吃蛙,我的孙子孙女马上提出抗议:"益虫,我们的朋友,不能吃!"社会是进步了,幼儿园的小朋友都有了保护有益生物的意识,可惜我们天天教育娃娃的爷爷奶奶叔叔阿姨,乃至管理此项工作的政府官员还常常呼朋约伴去大啖"跳跳蛙"呢!算一算,"人口如灶门,灶口如窑门",一年要吞掉多少"人类之友"!

　　当然,这也是三秋大忙的季节。单晚忙着收割,双晚追肥抽穗,棉花仍要捡絮,烟叶由绿变黄,黄豆割晒当紧,花生扯收适时,柿花板栗下树,莲藕采收上市。生姜要挖,辣椒要摘。芝麻要摊开布单割,甘蔗要推着车子砍。白菜要浇肥,萝卜要压粪。牲畜要配种,鱼蛙要催料。油菜开始播,荞麦继续种。"白露秋分菜","冬暖大棚盖,黄瓜莫迟挨"。"勿

岁月的驿站·下卷

过急，勿过迟，秋分种植西红柿"……收、管、种，交错进行；晴、雨、阴，无有闲时。

　　随着时序的迁移，日照渐少，气温渐降，湿度渐减，燥气渐浮。几阵秋风，几场秋雨，"凝烟泛城阙，凄风入轩房，朱华先露落，绿草就芸黄"（南平王《秋歌》）；"燕违幕而巢空，雁惊群而行绝"（虞世南《秋赋》），有点儿"秋风秋雨愁煞人"的味道了。于是，年高体弱、多病早衰者开始撤席垫毯、去单著夹了。那么，别呆在屋檐底下愁愁闷闷，来吧，去爬山，去慢跑，去游泳，去散步，去效五禽戏，去打太极拳，去做八段锦，去练健身操；或者如佛静坐，吐纳练气，意守丹田，神游八极……以"动功"配合"静功"，动强体，静养心，则体泰而心怡。忙于劳作的人们也许没有这份闲暇、这份心情，那么，你注意一下饮食应该是可以做到的。洗半斤高粱，砍几节甘蔗，煮一盆粥，补补脾，消消食，清清热，生生津；选适量海米，切些许竹笋，炝一碗菜，消消痰，祛祛风，褪褪热，化化毒；宰一只老鸭子，切几片酸萝卜，燉一锅汤，利利水，消消肿，润润燥，补补阴。如果放一把绿豆，效果会更佳。不同季节的不同养生膳食，都和当季的物产紧密相关，原料毋须寻找，做法无须培训，只要自己有心，当保健身无碍。

　　穿越秋分的节序，岁月挥挥手告别难忘的"桂月"，"金英分蕊细，玉露结房稠"（唐·卢纶《咏菊》）的"菊月"便迎面而来。

寒　露

　　穿过秋分的节序，跟随岁月的脚步，我们进入菊月的行程，领略"叶疏知树落，香尽觉荷衰"（北齐·肖悫《晚秋》）、"野菊相依露下丛，冷香自送水边风"（杨万里《秋晚出郊》）的寒露的风韵。

　　寒露与一个月前的白露不同。白露，秋气白而水气成露，露初现也；寒露，秋已深而水气凝结，露冷寒也。《月令》亦曰："九月节，露气寒冷，将凝结也。"天气是冷起来了。"吃了寒露饭，不见单衣汉。""吃了重阳糕，单衫打成包。"除南岭以北的广大地区真正进入气象学范畴的秋季外，东北、西北地区已开始进入冬季，北京已见初霜，新疆北部与东北北部已开始雪花纷飞。至于青藏高原，反正全年飞雪，又当例外。所以，《诗经》有"九月授衣"之吟。《唐书》（后晋·刘昫、张昭远）记载："高宗九月，令百官具新服。上服紫，四品深绯，五品浅绯，六品深绿，七品浅绿，八品深青，九品浅青，庶人服黄。一品以上文官……听之。九日，百官具新服宴之。"并且，伐薪为炭，以却寒气。白居易的"卖炭翁，伐薪烧炭南山中"，记述的也是天气寒冷以后的事情。

　　寒露亦分三候："一候鸿雁来宾；二候雀入大水为蛤；三候菊有黄华。"中华地域广袤，北国也很辽阔，北雁南飞时间差异甚大。先期南去的北雁在南方营居已有时日，成了

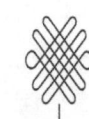

"主人",此时才去的北雁便成了它们的"来宾"。季秋天寒,雀鸟们已经远遁或者深藏,形影稀见,山林寂静。这时候,海边突然出现很多的蛤蜊,贝壳的花斑、条纹、颜色与雀鸟极其相似,古人就认为是"雀入大水"变成的。至于"不随群草出,能后百花荣,气为凌秋健,香缘饮露清"(明·李梦阳《咏菊》)的菊花漫山遍野地开放,更是这个季节的标志。所以,入世之枭雄用"冲天香阵透长安,满城尽带黄金甲"(唐·黄巢《咏菊》)描摹它的繁多,比喻即将出现的农民义军的气势,而出世之隐逸则以"采菊东篱下,悠然见南山"(陶渊明《饮酒》)来表达远离尘俗的淡泊和旷达。

　　菊的别称很多。《本草》曰:"菊花一名节花,一名傅公,一名延年,一名白花,一名白精,一名更生又云阴威,一名朱嬴,一名女花。""战地黄花分外香"(毛泽东《采桑子·重阳》),以色名之而俗称"黄花"。李时珍更说"菊之品,九百种。"但若以其性分,菊只有两种,"一种紫茎,气香而味甘美,叶可作羹,为真菊。一种青茎而大,作蒿艾气,味苦不堪食。名薏,非真菊也"(《本草》)。以其色分,则有黄菊、白菊、丹菊、墨菊。因之,"芳薰百草,色艳群英"(晋·王淑之《菊铭》),"绿叶黄华,菲菲彧彧,芳愈兰蕙,茂过松柏"(晋成公姬黑臀《绥菊颂》),色彩缤纷,美冠三秋,甚至"不似春光,胜似春光"(毛泽东)。魏代钟会《菊花赋》云:"夫菊有五美焉。圆花高悬,准天极也。纯黄不杂,后土色也。早植晚登,君子德也。冒霜吐颖,象劲直也。流中轻体,神仙食也。"形、色之美,装扮了大地深秋之风貌,为秋季的花事做灿烂的谢幕。"淅沥翠枝翻,凄清金蕊馥"(唐·席夔《霜菊诗》)"碎影涵流动,浮香隔岸通"(骆宾王《菊诗》)。德、

岁月的驿站·下卷

颖之美,象征了君子节操之高洁,为历代文人所崇尚。范成大《菊谱》云:"以菊比君子,其说以为岁华婉娩,草木变衰,乃独灼然秀发,傲晚风露,比幽人逸士之操,虽寂寥荒寒,而味腴不改其乐者也。"我以为此说滥觞于屈原。早在《离骚》里,他就放声歌唱:"朝饮木兰之坠露兮,夕餐秋菊之落英。"此餐,不是真正以菊为食,其实是一种与菊同调的意思。但菊花是真能吃的,苏东坡就将它正式作为食物吃过,那是他在山东任密州太守的事。"东坡守胶西,传舍索然,不堪其忧。日与通守刘延式循古城废圃,求杞菊食之"(《苏东坡集》)。其实,菊不但可食,而且是一种药膳兼用的养生食品。《风土记》曰:"饮菊花酒,令人长寿。"《荆州记》(南朝·宋·盛弘之)曰:"郦县菊花水,太尉胡广久患风羸,恒汲取此水,后疾遂瘳,年近百岁。非惟天寿,亦菊延之。"《风俗通》的记载更令人惊讶:"南阳郦县有甘谷,谷水甘美。云其中有大菊水,从山上流下,得其滋液。谷中有三十余家,不复穿井,悉饮此水。上寿百二三十,中百余,下七八十。名之大夭菊花,轻身益气,令人坚强故也。司空王畅、太尉刘宽、太尉袁隗为南阳太守,闻有此事,令郦县月送水二十斛,用之饮食。诸公多患风眩,皆得瘳。"葛洪的《抱朴子》则言过其实:"用白菊花汁、莲叶汁、樗汁和丹蒸之服一年,寿五百岁。"至于"康风子服甘菊花、柏实散,乃得仙"(葛洪《神仙传》),"道士朱孺子服菊草,乘云升天"(五代·杜光庭《名山记》),则有点耸人听闻了。但菊有益于健康却是不可否认的。所以,千百年来,重阳饮菊花酒,世代不衰,而菊花茶至今已经普遍,菊花枕也成安神名枕。正因美且健身,重阳插菊亦成风尚:"九月宫掖争插菊花,民俗尤甚。杜牧诗曰：黄花插满头"（《辇下岁时记》）。在《九月十日即事》中，杜牧又说："人世难逢开口笑，菊花须插满头归。"于是，赏菊、种菊成为风气。孟浩然《过故人庄》吃了喝了之后，还预定："待到重阳日，还来就菊花。""陆龟蒙自号天随子，宅荒少墙，屋多隙地，前后皆树以杞菊"（宋·姚铉《文粹》）。这个季节，还崇尚插茱萸、佩戴茱萸囊，特别是重阳登高时。"遍插茱萸少一人"（王维《九月九日忆山东兄弟》）、"醉把茱萸仔细看"（杜甫《九日兰田崔氏庄》），诗人们的吟诵见证了这种风习。茱萸是一种中药，杀虫消毒，逐寒祛风，清污除秽，相传系之辟邪呈祥，与端午的插艾是同类的民俗。《风土记》云："九月九日，折茱萸以插头上，辟除恶气以御初寒。"这种习气，在六朝就已盛行，以致茱萸的地位超过了菊花。唐代储光羲在描写南朝宋武帝刘裕重阳节大宴群僚的《登戏马台作》中云："天门神武树元勋，九日茱萸飨六军"，把茱萸作为犒赏全军的奖品。到了唐代，更蔚为大观，天子还以茱萸笼络近臣。杜甫诗云："茱萸赐朝士，难得一枝来。"宋元以后，风气逐渐消减，健身益体的"延寿客"（菊花）最终压倒了消灾辟凶的"避邪翁"（茱萸），但仍一直绵延流传。清代诗人吴伟业《西田赏菊》云："秔稻将登农父喜，茱萸遍插故人怜"，余韵依然。

　　茶子也开始采摘了。茶子是油茶树的果实。油茶是世界四大木本食用油植物（棕榈、橄榄、椰子）之一，而论油质的色清味香、保健养身，茶油当数第一。我国北界秦岭、淮河，南至云南、广西、广东、台湾中部，东极东南海岸，西限怒江和青藏高原东线的广大地域内，东部海拔800米以下，西部海拔2000米以下的辽阔山林，都种植着郁郁葱葱的油茶

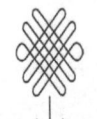

我的故乡遍山遍岭都是这种"开花就开出糖来，结果就结出油来"（故乡诗人吕颂文《油茶树》）的油茶树，被国家授牌为"中国茶油之都"。每到这个时节，学校放假了，外出的人回家了，万村空户，男女老少都上山摘茶子去了。黑天光时分，家家户户便背着奶伢伢，提着茶水桶，带着熟红薯和桐子叶粑粑，挑箩扛担，浩浩荡荡地上山了。一直要摘到月亮上山，才挑着一担担拍满拍满的茶子吱呀吱呀地回家。有的人家，山林宽阔，或者山离家远，便把家搬到山里来了。在林子中央平坦、敞阳的地方，依偎着一两棵老油茶树，搭一个简易的棚子，把锅镥碗筷、油盐铺盖都安放在棚子里，摘在山里、吃在山里、睡在山里，有的人三五天，有的人十天半月，一直到过了霜降，才能摘清场，下山回家。因为摘茶子，是几村，乃至几乡的民众共同约定的一项农事。开山之前，有人巡逻，为一方乡邻守山，谁也不敢进山先摘。一打开山门，便由各家自管自摘，简直是一场紧张的战斗。大家都先从邻山的边界摘起。有的树恰在界线上，双方商量着摘，或者一家摘一年，或者一家摘半树。别小看半树茶子，树大当年，半树茶子可摘一二百斤呢。我曾经跟着父兄摘过好几年茶子，年年都会见到为边界的树闹纠纷的故事。有的是本有约定，去年甲摘，背年果稀；今年乙摘，当年果密。看着硕果压枝，垂垂坠地，甲感到吃亏，提出各摘半树。于是，争端开始。有的是本无定约，临时商量，意见不合，争议纷纷。有的是一户无赖半夜即至，悄悄摘了，反装出迟迟而来的行状，质问对方为什么私自摘了。还有的更无耻，踏过界限摘了人家的树，人家来问时装聋作哑。所以男女老少都要上山，一进山就一个人守住一方的边界，由外向内一树树摘来，把摘

155

下的茶子都堆积自家棚子边。摘到后来，老人、小孩就在阴棚边一边择茶子，把黄澄澄的果壳撒满一地，把乌油油的茶子堆满箩筐，一边照顾襁褓里或摇篮中的嫩伢伢。我家有三处油茶林，一处远的要摘四天左右，两处近的都是一天可以摘完。好在乡民约定很有规矩，不同的地方开山的日期不同，所以并不矛盾。摘远处的，父亲和伯伯、叔叔夜里守山，我和母亲回家照顾鸡鸭小猪，因为牛也牵到茶山去了。摘完茶子，全家还要把茶山挖转来，将荆棘花草烧成灰烬，拌着荞麦、粟米，种进茶山里。然后，茶子就晾干了，可以送进油榨坊打出喷香喷香的茶油来了。

　　湿度大了，云霭浓了，日照短了，阴天多了，露重雾漫，木落蝉咽，农事活动的节奏可以放慢一些了吧？不行呵，你听听唐代张说的叙述："九月重阳熟，三秋万实成。"单晚成熟要收，红薯长大要挖；烟草大豆要割要晒，山楂石榴要摘要卖。稍一懈怠，血汗的结晶便会烂弃在秋风秋雨里。双晚灌浆要管理，糯稻垂黄要照料；棉花还要继续摘，"寒露不摘棉，霜打莫怨天"；花生还要继续收，"寒露不收齐，地里烂成泥"。略有松弛，到手的收获便会毁弃在散慢疏忽里。何况，"九油十麦"，"秋分早，霜降迟，寒露油菜正当时。"油菜学名芸苔，嫩苔可食，"江乡正月尾，菜苔味胜肉，茎同牛奶腴，叶映翠纹绿"（元·吕诚《谢惠菜》）。其"籽可榨油，故一名油菜"（清·王士雄《随息居饮食》）。菜油是我国人民的主要食用油之一，"行滞血，破冷气，消肿散结。治难产、产后心腹诸疾、赤丹热肿、金疮血痔"（元·李杲《食物本草》）。油菜原产于新疆、内蒙，已有7000多历史，渐次广种于黄河流域、长江流域。至今，菜油占世界植

156

物食用油的 1/3，我国产量居世界首位。油菜 3–10 月均可出种，长江以南常于农历 9 月下种，翌年 4 月收获。毕竟这是我们最重要的一种食用油。稍误时机，明年的夏收便会丢失在自悔自责里。在漫长的农耕社会里，我们土中掘食的先人们，一年到头，是没有真正轻松休闲的时日的。

"风摇随玉坠，枝动惜珠干；气冷凝秋晚，声微觉夜阑"（唐·戴察《寒露月夜》），风吹叶落，燥邪当令，应当注重健脾益胃、润肺生津。饮食宜多煲汤，冬瓜红枣煲猪脚、麦冬雪梨煲瘦肉、白菜蜜枣煲羊肺、红萝卜无花果煲生鱼、黄芪淮山煲猪肚、椰子北杞煲乌鸡，皆可生津养气、宁心提神。情志宜常豁达，切勿郁积感伤，"帘卷西风，人比黄花瘦"（宋·李清照《重阳》），而应"风物长宜放眼量"（毛泽东）。

露是霜的信使，人们还来不及像白居易一样品尝"黄花助兴方携酒"，"秋风萧瑟天气凉，草木零落露为霜"（魏文帝《晚秋》）的日子就白灿灿地耀眼而来。

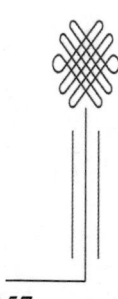

霜　降

　　告别寒露的旅程，岁月在我们眼前展示出一片冰晶熠熠的霜花。"枯草霜花白，寒窗月影新。"陆放翁描写的《霜月》之"新"，其实是皎洁、清朗的意思。因为霜一定形成于天气晴朗的夜晚。农谚云："浓霜猛太阳。"雨天是不会有霜的。白天阳光灿烂，夜晚没有云彩，地面散热多而快。当气温骤然下降到0℃以下，地面的水气便会在溪边、桥间、树叶、草间和泥土上，凝结成细微的冰针，或六角形的霜花，使天涯游子陷入"驿内侵斜月，溪桥度晚霜"（宋·吕本中《南歌子·旅思》）的寒洁、清冷的孤寂境界当中。这么看来，"霜降"一说，其实并不科学，"霜"不是天空寒冷"降"下的，而是地面水气凝结的。同样，"蒹葭苍苍，白露为霜"（《秦风·蒹葭》）的说法也不准确，因为露珠并不会凝结为霜。它也会冻结，但形成的是坚硬的小冰珠，名为冻露，而不是霜。也就是说，冻露与霜并不是一回事。不仅如此，而且形影相连的霜与冻也不是一种现象。换言之，有冻时不一定有霜，有霜时不一定有冻。这话，后半句似乎矛盾。其实，真象如此。把植物的两片叶子，分别放进同样低温的箱里，其中一片用霜盖满，一片不沾霜屑。结果，无霜的叶片受害严重，生机殆尽；霜盖的叶片受害轻微，几近原貌。这说明危害庄稼的是冻而不是霜，"霜降杀百草"应改为"霜冻杀百草"才与事实相符。

因为水气凝华时会放出热量来，1克0℃的水蒸气凝华成水会放出667卡气化热。它会使重霜变为轻霜，轻霜变为露水，免除冻害。当然，霜降嘛，就是指天气变冷，大地出现初霜，用不着这样咬文嚼字解说的。三国吴韦昭云："霜降以后，清风先至，所以戒人为寒备也。"其实，人们已经撤席垫毯、去单著棉，不仅是"备寒"，而是早已御寒了。

节序进入霜降，并不一定就意味着有霜。华南地区的河谷地带，要到隆冬才能见霜。而黄河流域，初霜又很可能在霜降之前。魏巍《东方》第一部第十五章说："论节气，还不到霜降，这里已经下了好几场霜。"所以，各地从秋冬的"初霜"到来年春季最后的一次"终霜"之外的"无霜期"，长短是相差悬殊的。

我的家乡湘西南广阔的丘陵地带，常常是先见几场"水霜"，然后才有"白头霜"的。水霜并不使人感到寒冷，倒有几丝凉沁沁的清新韵味；而浓霜铺白的早晨常常把人带入一种很美的意境。我喜欢凌晨起来，披一件风衣，踏着结满霜花的小路，听着矻嚓矻嚓的踏霜脚步，吐出一团团袅娜成雾的舒卷，吸进一口口冷冽如洗的凉沁，整个人从里到外都感到爽洁清新。而这样的早晨，又常常是有雾的，远山、近水、城阙、村野，都隐翳在一片流动翻腾的朦胧之中，使人想起"五里浮长湿，三辰晦远天；傍通似佳气，却望若飞烟"（梁·孝元帝）、"氤氲起洞壑，遥翳匝平畴；乍似含龙剑，还疑隐蜃楼"（唐·苏味道）等《咏雾诗》来。正在如诗如幻神游的时候，那一轮迟迟升起的圆日在雾海里时隐时浮，像一个黄澄澄的铜盆，带着古色古香的光的晕圈，让心头涌升起几丝暖意和几分亲切来……

古代将霜降分为三候:

"一候豺乃祭兽。"中华是仁义之邦,讲究以仁治国,以义处世。由人及物,认为仁义为天地之性并赋予万物,因此,"獭祭鱼"(雨水)、"鹰祭鸟"(处暑)、"豺祭兽",它们都是捕杀之后,先将猎物排列于地,祭祀之后才行啖食。"祭"什么呢,无非是天地神祇或猎物亡灵。但不管是哪一种,都有点自欺欺人的味道,与历史上王公贵胄演出的猫哭老鼠的游戏无异。其实,这不干禽兽事。除了一次捕杀猎物太多,无法吃完而暂为搁置以外,凶禽猛兽都是狼吞虎咽地连骨头都嚼碎了,哪还会列而祭之!所谓"祭",无非是统治者欺骗本性的物化而已。

"二候草木黄落。""悲哉秋之为气,萧瑟兮草木摇落"(潘岳《秋兴赋序》),是一种正常的自然现象。不仅草木如此,花亦凋零,就连"独占芳菲当夏景,不将颜色托东风"(白居易《咏紫薇花》)的"百日红",从初夏迤迤逦逦开放而来,将一朵朵一团团一簇簇的绛紫、粉红、明黄、淡青、莹白的花冠亮丽了将近两个季节以后,也"秋风落日照横斜"(苏轼《紫薇》)地憔悴衰败,弄得诗人"飘零空自叹,曾对紫薇花"(王维《咏紫薇》)了。

也有一些草木,越是秋风萧索冷肃,越显出不同凡俗的风姿来。"磊落殊状,森梢峻节;紫叶吟风,苍条振雪"(唐·王勃《寒松赋》);"未若凌云柏,常能经岁红"(唐·李德裕《春暮思平泉杂咏·柏》)。所以人们常以松柏比喻志士的节操与风骨,但我更喜欢毛泽东笔下"万山红遍,层林尽染"的枫韵。你见识过香山的红叶,或者品赏过岳麓山的丹枫吗?虽然"玉露凋伤枫树林"(杜甫),但"晚霜枫叶丹"(南朝·宋·谢

岁月的驿站·下卷

161

灵运），远观像熊熊的烈火，烧灼着半天红霞，"千里枫林烟树深"（唐·元结）；近看则一片片红彤彤的灿烂在摇动，"枫叶翻蜀锦"（郭功父），绚丽耀眼，难怪杜牧的"停车坐爱枫林晚，霜叶红于二月花"会引起一代代后人的共鸣，成为千古名句呢！1977年秋天，我曾随"湖南省秋收起义诗歌组"沿红军秋收起义的路线采风，一踏入江西铜鼓城的时候，那在翠绿的山岭间高高矗立的红枫给了我强烈的印象，我的眼前似乎燃烧着熊熊的烈焰，飘动着艳艳的红旗。后来我写了一首诗在《诗刊》发表，其中有"让我做你怀中的一棵枫吧，献给你千片红叶、一腔忠贞"的句子，确实是一种对于红枫的虔敬。

还有一种植物，虽在风刀霜剑下凋萎憔悴，但却憔悴出一种独特的美感来。荷花就是这样。西周时期，人类就已栽种荷花。《周书》（唐·令狐德棻）云："薮泽已竭，既莲且藕。"它盛开于六月，杨万里描写它"接天莲叶无穷碧，映日荷花别样红。"又因其生日为六月二十四日，故有"六月花神"之称。北宋周敦颐发现它"出淤泥而不染，濯清涟而不妖"，又誉其为"君子之花"。但秋霜摧凋之后，它却又显出别一种风韵来。"秋阴不散霜飞晚，留得残荷听雨声。"我觉得这是朦胧派诗人李商隐最好的诗句之一，描摹霜荷之神韵既形于目又闻于耳。若披一蓑笠立于秋风细雨之中，那么，人荷几可同化而归于一片天籁之境了。

"无边落木萧萧下"（杜甫《登高》），黄叶纷飞，最容易惹动游子的愁思。落叶都归根了，我什么时候才能回到生我养我的故乡呢？"长江悲已滞，万里念将归。况属高风晚，山山黄叶飞"（王勃《山中》）。"何处秋风起，萧萧送雁群。

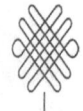

162

朝来入庭树，孤客最先闻"（刘禹锡《秋风引》）。因为天涯漂泊，难归故园，常常孤寂悲凉。所以，元人马致远的"枯藤老树昏鸦，小桥流水人家，古道西风瘦马。夕阳西下，断肠人在天涯"（《秋思》），便拨动了千百万人的心灵，流传千古。游子思念亲人，亲人也思念游子，不但思念，如果游子是戍边或经商，有固定的住址，家人还要给他远寄冬服。"夜战桑干北，秦兵半不归。朝来有乡信，犹自寄寒衣"（唐·许用晦《塞下曲》）。

"三候蜇虫咸俯。"霜降的后期，冬眠的昆虫都进入自己营造好的洞窟之中，不动不食，舒舒服服地睡觉了，一睡就是一个长长的冬天。蒙眬醒来，开始蠕动的时候，东风已经解冻了；待到它们被一阵阵湿漉漉的轰响震醒，爬出洞来时，感受到的已经是桃花灼灼、黄鹂声声的惊蛰了。

可惜人是不能够冬眠的。因为"白头霜，一层层，农活不得停。"山东"霜降一到，地瓜入窖；麦田缺苗，及时补救"。河北"寒露霜降，割豆打场；晚茬小麦，播种紧迫"。山西"寒露霜降节，秋收秋种莫停歇"。新疆"寒露过后是霜降，抓紧秋浇和冬灌；牲畜抓膘又配种，拉运草料到冬场。"安徽"寒露收割罢，霜降把地耙"。江苏"寒露无青稻，霜降一齐倒"。上海"晚稻脱粒棉翻晒，精收细打妥收藏"。湖南"寒露霜降到，晚稻收割薯进窖"。福建"寒露连霜降，稻香千里黄；草籽快下种，冬耕积肥忙"……总之，虽然"露色已成霜，梧楸欲半黄。燕去栏恒静，莲寒池不香"（梁·鲍泉《秋日》），但中华的万里江山，依然是一幅生机蓬勃的"霜耕闹秋图"。而正是在人们冒霜披寒忙碌于三秋作业时，岁月将"重衾无暖意，挟纩如怀冰"（晋·张华《杂诗》）的冬天悄悄地推到人们的面前。

立 冬

  立冬是一年中最后一个季节的开始。《释名》曰："冬，终也，万物所以终成也。"但按气候学规定的，连续五天日平均气温低于10℃，首日才是冬季开始的标准，我国大部分地区的冬季都不是从立冬开始的。大兴安岭以北约两个月前就进入了漫长的冬季，西北、东北部分地区约一个月前也已迈入冬天的门槛。此时，东北南部、华北、黄淮一带，是真正冬季到来的地区。长江流域呢，要到小雪节时才能见到冬天的景象。两广北部的武夷山山脉和南岭北坡，冬季要一个月后才姗姗来迟。至于两广南部、海南、台湾和云南昆明一带则长夏无冬，而青藏高原大部分幅员却又是长冬无夏。但总的说来，秋高气爽已成明日黄花，"朝炉兽炭腾红焰，夜榻蛮毡热紫茸；蝎刺坼蓬新栗熟，鹅雏弄色冻醅浓"（陆放翁《初冬》），人们已经着棉垫毡、拥火煮酒了。2011年9月18日，家乡邵阳气温低点就已只有16℃，而20日则只有13℃了。其时，正是白露三候，尚未到秋分呢。

  像其它三个季节开始一样，迎节的庆典是非常隆重的。《礼记·月令》云："孟冬之月，以立冬前三日，太史谒于天子曰：某日立冬，盛德在水。天子乃斋。立冬之日，亲率公卿大夫，以迎冬于北郊。"出发之前，要早早起床，行动统一："立冬之日，夜漏未尽五刻，京都百官皆衣皂衣，迎气北郊"（《续汉书·礼仪志》）。而且，郊迎的队伍"衣黑衣，佩元玉，乘元辂，驾铁骊，载元旗"（《皇览逸礼》），"以元璜礼北方"（《礼记》）。元者，玄也，皂也。黑色，黑鸦鸦的一片，又以黑色半璧礼祭北方，因为冬为黑帝叶光纪主宰，居北方。并且，还要"孟冬，祭司寒"之神。"唐宋是日（朔日，初一）宰臣以下，受衣著棉袄"（明·沈榜《宛署记》）。宋朝规定"学士十月朔，改赐新样锦袍"（明·吕鸣珂《太常记》）。民间不管这么多，他们自有自己的祭祀对象。接近立冬时，"十月一日，祀井"（《太常记》），以谢一年来水之育人润物。而且，不能再赤脚奔忙了，"以（十月）朔日为靴生日，供具祭之"（《宛署记》），祈求靴神庇佑一双脚免受寒冻，毕竟"寒从脚起"呵！同时，牛是农家的功臣，要举行犒劳的活动。《神隐》（《渊鉴类函》）记载："田家以糯糍粑安牛角上，谓之牛接角，仍以桑叶包糕喂牛，以报一年之力。""又送糕于亲邻，名曰庆牛。"看来，统治者总是崇尚玄虚，劳动者总是讲究实在。一则形而上，一则形而下，构成世界的两极。

立冬亦为三候："一候水如冰；二候地始冻；三候雉入大水为蜃。"水结冰，地成冻，野鸡一类的大鸟隐形匿迹了，而海边却可以看到外壳与雉的线条、颜色相似的大蛤，那应当是野鸡变成的吧。宋人陆佃《埤雅》曰："车螯是大蛤，一名蜃，能吐气为楼台，又尝闻海中蜃为楼垣。"《章龟经》（《渊鉴类函》）曰："蜃大者如车轮。"《礼记》注曰："蛟属。"看来，我们古人解释事物的知识和想象力都是十分丰富而浪漫的。

虽然立冬已是"万物收藏也"（《月令》），但农事活动并未"收藏"止息。"立冬之日起大雾，冬水田里点萝卜。""立冬种豌豆，一升还一斗。""立冬天气冷，翻地不能停"，因为"立冬前犁金，立冬后犁银，立春后犁铁"。特别是冬小麦必须及时抢播了。虽然小麦播种期长，黑龙江、内蒙古三四月播种，七八月收割。长江流域则是十到十一月播种，次年四、五月收割。民谚云："寒露到霜降，种麦莫慌张"，但"霜降到立冬，种麦莫放松"呵。因为在我们这个东方农业大国，种麦是一项十分重要的农事活动。麦，是人类的第二主食（玉米第一、水稻第三），也是中华大家庭众多人口的主食，而且在北方与玉米并重，在南方则与稻并重。所以，古人对麦子是十分重视的。《汉书》曰："圣人，五谷最重粟麦。"中国早期的历史画卷在黄河流域展开，"逐鹿中原"的圣人不知南方有稻谷，或知而仍以北地出产衡量，亦不足为怪。杨万里说："此是农家真富贵，雪花销尽麦苗肥。"如果麦子欠收或无收，则民不聊生。《旧唐书》（后晋·刘昫）载独孤及疏曰："麦不登，则易子咬骨矣。"王方庆上疏则称"雨雪而霜，大伤首种。首种谓宿麦。"麦因头年秋种，翌年夏收，宿于野外，隔年而熟，故称宿麦。所以，官吏牧民治境，十分重视种麦。班固等人撰编的《东观汉记》曰："张堪为渔阳太守，劝民耕种，以致殷富。百姓歌曰：'桑无附枝，麦穗两岐；张君为政，乐不可支'。"可见其"劝民耕种"的内容是种桑养蚕、垦田种麦。部队征伐，军粮亦赖于麦。魏人王粲的《英雄传》云："吕布令韩暹、杨奉取刘备地麦，以为军资。"所以，曹操之马受惊，"腾入麦中，敕主薄议罪。主薄对以春秋之义，法不加于尊"。曹操认为不行，"然

岁月的驿站·下卷

孤为军帅不可杀,请自刑。因援剑割发以置地"(三国·吴《曹瞒传》)。这样一种关系人民生存与国运修短的作物,播种是万万不能错过节期的。晋人张华的《博物志》曰:"麦早种穗强而有节,晚种穗小而少实。"《尚书大传》云:"秋昏虚星中可以种麦。"虚星为北方玄武之第四宿,"虚星为秋"。范成大《刈麦行》曰:"菊花开时我种麦。"陆放翁则吟道:"垦泥播宿麦,饭牛临野池,未能贪佛日,正恐失农时"(《种麦诗》)。抓紧时间翻耕麦地,喂牛就在野外池边,不敢贪图太阳般普照大地的佛的法力,是怕耽误种麦的农时呵!其实,麦子出种的时间并不短促,陆放翁的诗反映了田舍翁的紧迫心理罢了。农谚云:"别说白露种麦早,要是河套就正好。"又说:"白露种高山,秋分种平川,寒露河边种,霜降坝里点。"时间虽宽裕,但种麦关系一年的生活,必须做好充分的准备。一是麦地要精耕细作。"早耕能歇地,长麦有力气。""耕地深一寸,顶上一层粪。""耕得深,耙得匀,麦地长出金和银。"所以,"宁可晚回家,不留土坷垃。"小时候跟着父母整理麦地,父亲深犁细耙之后,还和母亲带着我们姐弟用锄头把一个个拳头大的土坷垃打得粉碎。母亲说:"种麦土要细,穗长颗粒密。"二是底肥要丰腴厚实。因为"麦喜胎里富,底肥是基础。"北方种麦,"麦子铺底粪,越长越有劲。"反之,"底肥上不足,追肥也难促。"南方点麦时,要将麦种拌进浇有大粪的磷钙含量丰富的灰肥,株距均匀地点播在行子里。有时,将荞麦和进麦种一起点播。小时候,我点麦可是一把好手,父亲边打行子边用一层薄土壅盖刚刚点好的麦行,常常搞不赢手脚。播下以后,几场秋风秋雨,它便慢慢拱破薄薄的土层,绽露生机了。待到冬末春初,便

岁月的驿站·下卷

168

是一派"瑞露纵横滴，祥风左右吹"（唐·郑畋《麦穗诗》）的风光了。

方回《立冬》诗曰："立冬犹十日，衣亦未装棉。半夜风翻屋，侵晨霜满船"，"通袖藏酸指，凭栏耸冻肩"，"贫苦无衾者，应多疾病缠"。因此，人们十分重视冬日保健。自然教会了人类首先要保暖御寒："方过授衣月，又遇始裘天；寸积篝炉炭，铢称布被棉"（陆放翁《立冬日作》）。生活也要顺应"冬藏"的节律。"早卧晚起，必待日光"，"此冬气之应，养藏之道也。逆之则伤肾，春为痿厥"（《黄帝内经·素问》），力求体静神宁，"血气伏藏"。故李白《立冬》云："冻笔新诗懒写，寒炉美酒常温。"民间更有"立冬补冬"的习俗。京津一带，人们爱吃饺子。饺子一词，源于"交子之时"。大年三十，旧年与新年相交于子时，秋季与冬季时序亦相交，故饺子不能不吃。沿衍至今，立冬日的饺子也比平素卖得红火几分。台湾同胞喜欢吃"羊肉炉"、"姜母鸭"。这一天，餐厅高朋满座，羊鸭当令称雄。许多家庭还兴致勃勃地炖一只麻油鸡，以玉米、黑枣佐当归、熟地、川芎、白芍烩一锅四物汤，煮一壶甜丝丝的糯米糟酒，既芳香鲜美、又增加能量，且益心滋肝、养肾健脾、舒胆补血，欢欢喜喜地进入冬天。然后，腊八粥、小麦粥、芝麻粥、萝卜粥、胡桃粥、茯苓粥、大枣粥，加上热气腾腾的火锅，在中华大地上四处流行，人们既津津有味地品尝一年劳作的收获，又期望"三九补一冬，来年无病痛"，好生龙活虎地投入新一年的春忙。当然，人类是不能冬藏的，筋骨还需要锻炼。强身健体，跑步、冬泳一直是冬季运动的传统项目。哈尔滨立冬之日横渡松花江的活动常常引得人啧啧称赞。

人类总是这样，伴随岁月的脚步在季节的轨道上前行；岁月总是这样，携着人类的生活向时序的深处行进。刚刚踏入"园林尽扫西风去，惟有黄花不负秋"（宋·钱时《立冬前一日霜对菊有感》）的冬的领地，"云暗初成霰点微，旋闻蔌蔌洒窗扉"（宋·释善珍《小雪》）的"小雪"便在前方招手了。

小 雪

　　小时候读过唐诗,"忽如一夜春风来,千树万树梨花开",一读就记住了。这不仅是早就熟悉"既淅沥于遥野,却飘摇于广甸","细细而千岩送冷,飘飘而万户迎寒"(唐·林滋《小雪赋》)时那"千树万树梨花"的美妙,一读就心领神会,更是因为岑参这么一写,雪花的那种凛冽寒气便似乎不翼而飞,让人置身于一种清新晶莹、纯净爽洁的美的境界里,感受到几分早春二月的薄薄的暖意,从而领味到比喻的神奇和文字的魅力。其实,水到0℃以下,才能凝为冰晶成为雪花,下雪总无"暖意"。明代郎瑛《气候集解》云:"小雪,十月(夏历)中,雨下而为寒气所薄,故凝而为雪。小者,未盛之辞。"《群芳谱》曰:"小雪气寒而将雪矣,地寒未甚而雪未大也。"寒气逼近雨水,降水形式雨变为雪。北风吹,雪花飘,黄河中下游开始进入初雪时期,但雪量较小,常常夜冻昼化。但若强冷空气提前南侵,暖湿气流又活跃升腾,也会大雪纷飞。1993年11月15日至20日,小雪未到,北方一部分冬麦就遭遇了一场暴雪。至于长江以南,小雪常常无雪,甚至有整个冬天不见冰雪的"暖冬"。

　　小雪"初候,虹藏不见"。虹,始现于季春。董思恭《咏虹》云:"春暮萍生早,日落雨飞余;积彩分长汉,倒色媚清渠。"

《释名》说"虹，阳气之动"。而孟冬之时，阴气上浮，阳气敛藏，故虹隐而不见。"二候，地始冻"，大地开始冷冻。黄河流域常常"雨夹雪"而降，大地处于半冰半融的状态。"三候闭塞而成冬"，阴气闭固，一派初冬景象。

别以为冬寒就万物肃杀、一片萧条。岁有四时，天有万物。四时气候不同，万物品性各异。所以，每个时序都有自己当令的事物。春兰、秋菊、夏荷、冬梅，各领风骚千百时。于是，四季才五彩缤纷，万物才繁盛荣昌。黄巢的《菊花》诗说"我花开后百花杀"，咏唱的是一种压倒"群芳"的气势。而实际上"荷尽已无擎雨盖，菊残犹有傲霜枝"（苏轼《冬景》）；而当凋菊憔悴"翠园花飞碎，风劲浅残香"（唐太宗《残菊》）时，"清香晨风远，潺彩寒露浓；潇洒出人世，低昂多异容"（唐·柳宗元）的"木末芙蓉花，山中发红萼"（王维）了，民间亦历来有"十月芙蓉正上妆"的说法。明代彭大翼《山堂肆考》云："一名木芙蓉，一名木莲，一名拒霜。"荷花亦名芙蓉，所以唐代韩愈说："新开寒露丛，远比水边红；艳色宁相妒，嘉名偶有同。"故称"木芙蓉"，以与荷花区别。白居易亦云："水莲花尽木莲开。"但苏东坡对"拒霜"之名颇有微议："唤作拒霜犹未称，看来却是最宜霜。"其实，"拒霜"者，不怕霜冻，就是"宜霜"之意，诗人在这里浅含微笑玩了一下文字游戏，小小地幽默了一把。《群芳谱》曰："一名华木，一名枇木，一名地芙蓉。有数种，惟大红千瓣、白千瓣、半白半桃红千瓣、醉芙蓉朝白午桃红晚大红者，佳甚。黄色者，种贵难得。又有四面花，转观，花红白相间。"四面花我无缘见识，但读小学时的操坪边上有四株芙蓉树，高有六七米，开的花一日三变色，颇令我们不解。老师解释不清，

岁月的驿站·下卷

却说了令我们更惊讶的事。唐明皇以花汁调墨,名曰龙香剂,写出字来有芳香之气息。我曾悄悄试过,却并不怎么香。但后来看到《群芳谱》上,果然有这么一说。芙蓉花还是良药,一个同学屁股上生了毒疮,又是郎中的校长将芙蓉花叶捣烂敷于患处,效果奇佳,不到一个星期就好了。可惜前年我回母校,操坪冻了水泥,砌了石圹,芙蓉一株也不见了。

芙蓉原出于湖南。唐代苏颂《本草图经》云:"木芙蓉出自鼎州。"常德在宋真宗时称鼎州。明代陈洪谟《嘉靖常德府志》记录了常德广植芙蓉,以之名世的盛况。1961年毛泽东《答友人》诗有"芙蓉国里尽朝晖"句,单看"芙蓉国"三个字,就够绚丽浪漫的了。胡乔木在1964年4月13日答上海市委宣传部长石西民的信中说:芙蓉国指湖南,并以晚唐谭用之"秋风万里芙蓉国"为佐证。其实,宋代宋景文的芙蓉诗更为直接:"皓露侵湘蕊,尖风猎绛英。"可惜近问常德朋友,答曰古风衰微,芙蓉已稀,"搴芙蓉兮木末"(《离骚》)已不容易了。

同时,金橘也在这个时候红艳可人了。《花果录》(《渊鉴类函》)曰:"金橘,一名金柑,一名夏柑,一名小木奴。实小如弹,黄如金,谓之金橘。"故宋代王岐公咏曰:"黄欺晚菊垂金砌,圆并明珠落翠盘。"金橘可食,宋代韩彦直《橘谱》记载:"景祐中,始至汴,温成皇后嗜之,价遂贵。""甘香奉华俎,咀嚼破明玑"(梅圣俞)。宋朝时,皇帝还用以赏赐近臣,"苑臣初摘置琱盘,口勅宣恩赐近官"(明·李邦直《和赐后苑金橘诗》)。时至今日,果品日益丰繁美好,金橘已少有人食,多做观赏。山茶盛开时,它还青果离离。进入大雪乃至冬至以后,渐渐金果灿灿,满树华贵气象,所

以家居者常于春节前购养一、二盆于家中，以示吉祥。

金橘是橘类的品种之一。橘类有橘、柑、柚、枳、金橘等，品、味俱佳者为橘，亦名木奴，俗称桔、柑子，在我国已有4000余年的栽培史。《史记·苏秦传》云："齐必致鱼盐之海，楚必致橘柚之国。"1471年传入欧洲，种植在地中海沿岸，葡萄牙人称为"中国苹果"。1892年，美国引进中国碰柑，名曰"中国蜜橘"。英国人称橘为曼达宁（Mandarin），意为"中国珍贵的柑"。现在，全世界产橘的国家已达135个，中国年产1078万吨，为世界第一。夏时，湖南、湖北、江西、江苏、安徽的橘就已被列为贡品。唐时，贡橘的地方还增加了四川、贵州、广东、广西、福建、浙江、河南、陕西等地（欧阳修《新唐书·地理志》），可见橘树已广为种植。岑参诗曰："后庭纯栽橘，园畦半种茶。"明清时代，橘已成一种时尚商品。清《南丰风俗物户志》记录：江西南村民间"不事农功，专以橘为业"。清施鸿保《闽杂记》描述福州城郊"广数十亩，皆种柑橘"。清吴震方《岭南杂记》云："广州可耕之地甚少，民多种柑橘以图利。"很久以来，橘就是遗赠亲友，特别是病人的珍品。皮日休《以橘寄鲁望》云："剖似日魄初破后，弄如星髓未销前；知君多病仍中圣，尽送寒苞向枕边。"同代陆龟蒙《酬谢袭美以春橘见惠》诗也说："良玉有浆须让味，明珠无类亦羞圆；堪居汉苑霜梨上，合在仙家火枣前。"而今，经过科学实验的改进，橘已无核，其香、甜、鲜、润之味，更是皮、陆时代想都想不到的。如果他们活到今天，我真不知他们要怎样修改自己的诗句。

我生长在雪峰山余脉的丘陵里，从小就与柑橘为伍。阳春三月，橘林开满了细碎洁白的花朵，远看是一山一山的白云，

近闻是一园一园的幽香,常常令放牛捡柴打猪草的小伙伴们乐而忘归。上学以后,我喜欢躲在校园背后的橘林里诵读语文、英语,暮伴花香同笔语,晨邀鸟韵共书言,那一份情趣至今难忘。

橘熟于10至12月,但也有立秋前后就试着采摘的,那是想抢早摘一批投入市场,卖个好价钱,也有为了某种特殊需要而少量采摘的。韦应物《答郑骑曹求橘诗》云:"怜君卧病思新橘,试摘犹酸亦未黄;书后欲题三百颗,洞庭须待满庭霜。"小雪时节,正值橘熟采摘的旺季,家乡就成了一座橘城。乡民的堂屋里、院坪中,市民的店铺里、摊子上,及至行驰于路途的箩筐内、车箱中,都是橘的山、橘的海,黄澄澄、红灿灿、香幽幽、甜蜜蜜,生活简直都淹没在柑橘气息的海洋里。共和国第一任总理周恩来曾品尝过这种橘子,啧啧称赞,命其名曰"雪峰蜜橘"。1991年,邵阳市市政府举办了"91中国邵阳蜜橘节","雪峰蜜橘"的美名便传遍天下。从此,蜜桔开园就成为果农的盛大节日,产品不但畅销国内,而且还远销欧美。

同时,橘树树形美观,四季常绿,"受命不迁生南国兮","绿叶荣纷其可嘉兮"(屈原《橘颂》)。果实金黄,色泽艳丽,春季花香扑鼻,秋冬金果满枝。特别是现代科学发达,可令橘果经冬不凋,绿树、白雪、红果,"惟有橘园风景异,碧丛丛里万黄金"(范成大《咏橘》),所以人们还常常把它作为庭院、公园的绿化风景树。

除了摘橘、市橘、窖橘,"节到小雪天降雪,农夫此刻不能歇",还要浇灌冬小麦、砍藏大白菜,抓紧大棚蔬菜的管理,开展植树造林的活动。山塘、水库、渠圳要检查、修补,

176

鸡鸭、猪羊、牛马要催膘、护种。冬季积肥不可懈怠，果树肥蔸不能延误。"小雪封地地不封，犁坯翻转好过冬。""冷冷冻冻莫歇工，来年才有好收成。"人们就是这样冒着风霜、踏着冰雪，一步步走向大雪纷飞的岁月深处。

大　雪

　　不管春暖花开，还是霜结冰冻，岁月的步履总是一如既往地前进。越过小雪的时序，它自然而然地带领人类步入"彤云接野烟，飞雪暗长天"（李峤《渭亭遇雪》）、"隔牖风惊竹，开门雪满山"（王维《冬晚对雪》）的大雪的行程。《月令七十二候集解》云："大者，盛也，至此而雪盛也。"

　　小时候，很喜欢"雪盛"的雄浑壮丽和晶莹澄澈。雪花先是一片一片地飘，慢慢地濡湿了门外的石板路。不知不觉中，一片片变成了一朵朵，满空中款款浮浮地摇曳而下，给庭院里的椿树、梧桐树和路边的草叶子缀满一簇簇晶莹洁白的花朵，院坪也堆铺出一层薄薄的白来。正在视线被弥漫的雪遮掩得迷茫时，一阵风吹来，呼啸着，一大团一大团棉絮似的飞花翻卷着，涌动着，满世界旋浮着，下降着，不见了天，不见了地，不见了青枝绿叶，不见了村庄屋宇，只见白茫茫混沌沌的一片，深邃无边，在感觉里强劲而缓慢地袅娜，翻腾……

　　等到雪终于停息，或者第二天的清晨，打开门一看，呀！银白、银白，晃得双眼发花的银白从门槛边铺起，铺满了高高低低的田垅、山坡、丘岗，一直铺到遥远的天边。而屋檐的瓦槽口边，悬垂着一排晶莹冷艳的冰凌子，有的长达二三尺。

岁月的驿站・下卷

179

娃娃总要想尽办法，折几根冰凌，边观赏边放在口里吮吸着。时至今日，每当盛暑看到冰棒时，我就想起当年吮吸的冰凌子，心里流动着一股清凉。

雪，堆满了院坪，是娃娃们打雪仗的天然场地。开始时，分成两队，互相掷雪团子，你一团，我一团，掷得满身都是。有时，雪粉从脖颈里滑下去，冰浸得让人哈哈大笑。打着打着，队伍打乱了，就乱掷一气。待到一双双小手冻红了，一个个身上也发热了，大家就滚雪球，堆起雪人来。我们用红水彩为雪人抹脸，用黑木炭为雪人镶眼、画眉，不到大人呼唤回家吃饭不会停手。有时，雪人在院坪里要伫立好久好久，一场大雪，它还长高几分。有一年，我们堆了三个雪人放牧三头大水牛，一直到过了春节，才慢慢地矮了下去。

当然，这种"雪盛"给人的感觉纯洁、丰富而美好，但却不是一个精确的科学界定。气象学按24小时降雪量确定，2.5毫米以下为小雪，2.6至5毫米为中雪，5至10毫米为大雪，10毫米以上就是暴雪了。积雪覆盖大地，遏制地面散热，降低寒流侵袭的危害，创造作物越冬的条件。融雪增加土坯水分的含量，可供作物春季生长的需要。而且，雪水中氮化物的含量是雨水的5倍，故民谚云："雪有三分肥。"同时，"冬雪消除四边草，来年肥多害虫少。"所以，耕作者历来认为"瑞雪兆丰年"。山东说："瑞雪兆年祥，无雪要遭殃。"山西说："今年麦盖三层被，明年枕着馒头睡。"甘肃说："今年雪水大，明年麦子好。"四川说："今年大雪落得早，定主来年收成好。"湖南说："冬季雪满天，来岁是丰年。"安徽说："大雪下大雪，来年水不缺"……但如果暴雪肆虐，常常造成雪灾，给生产带来危害，给生活带来不便，甚至道路封冻，车辆停开，

电线断裂,信息受阻,严重时威胁人们的生命安全。

大雪时节,除华南和云南南部无冬区外,祖国辽阔的大地均已披上冬装。东北、西北地区平均气温已降到零下10℃以下,黄河流域和华北地区气温稳定在0℃以下,江南也进入了隆冬季节,气温显著下降,冰冻时有发生。农作物除了萝卜、白菜、菠菜、芥菜以及葱、蒜等蔬类依然在寒风里显露着生机之外,就是冬小麦和油菜还青青葱葱地一片,缓慢地生长。在我湘西南的故乡,农民常常在入冬以后锄一次麦,一方面给麦苗追一次肥,一方面用锄麦的细土轻轻地盖住嫩嫩的麦苗,让它舒舒服服地睡在柔软的土被下。油菜也要中耕追肥一次,只是不能用土掩盖,以免伤折水灵灵的菜苔,而是用细土壅盖着根基,让它稳稳实实地度过寒冻。待到冬尽雪融,它们便伸个懒腰,迎着春风劲冲冲地飙长、拔节。

天气是一天天地寒冷了。"飞花洒庭树,凝瑛结井泉;寒光晦八极,彤云暗九天"(梁·庾肩吾《咏雪》)。人类呢,自然会想尽法子来抵御寒气的侵袭。富贵人家自有貂裘鹤氅,挟纩著棉,层层裹护,且看《红楼梦》49回"琉璃世界白雪红梅"中关于冬日穿戴的一段描写:贾宝玉"因要去芦雪庵参加诗社活动,兴致勃勃,只穿一件茄色哆罗呢狐皮袄子,罩一件海龙皮小小鹰膀褂,束了腰,披了玉针蓑,戴上金藤笠,登上沙棠屐";林黛玉本已穿着冬装,因要去会众姐妹,便"换上掐金挖云红香羊皮小靴,罩了一件大红羽纱面白狐狸鹤氅,束一条青金闪绿双环四合如意绦,头上罩了雪帽";史湘云"穿着贾母与她的一件貂鼠脑袋面子大毛黑灰鼠里子里外发烧大褂子,头上戴着一顶挖云鹅黄片金里大红猩猩毡昭君套,又围着大貂鼠风领";而众姐妹"都是一色大红猩猩毡与羽毛斗篷"。这些，都是平常人家见所未见，闻所未闻的。《晋书》云："孟昶未达时，在京。尝见王恭乘高舆，披鹤氅裘。时天微雪而行。昶于篱间窥之，叹曰：此真神仙中人也。"王公贵族御寒，更多奇巧之事。《开元遗事》记述："交趾进犀角一株，色如金。置于殿中，暖气袭人。上问其故，使者对曰：此避寒犀也。"南朝齐代祖冲之《述异记》云："李辅国遇严寒之时，置风首木于高堂大厦中。其木高一尺，而雕刻为鸾凤之形。和煦之气如三二月，又别名常春木。"《杜阳杂编》则说："唐同昌公主堂中设却寒帘。类玳瑁，斑有紫色。云，却寒鸟骨所为也。"动物、植物，确有不畏寒者，但能如此生暖，我以为纯属夸张和心理作用而已。至于唐代申王杨国忠以妓婢挡风，纯属是将自己的快乐建筑在下人身上的一种荒淫的游戏。"申王每至冬日，有风雪。苦寒之际，使宫妓密围坐侧以御寒，自呼为妓围"（《天宝遗事》）。"杨国忠冬月选婢肥大者，行列于前，令遮风，谓之肉障"（《开元遗事》）。

当然，统治者当中，也有念及民间痛苦的。《尸子》（鲁·尸佼）记载："楚庄王对雪，披裘当户，曰：我犹寒，彼百姓宾客甚矣。乃使巡国中，求无居宿绝粮者，赈之。国人大悦。"楚庄王当政，没有多少益举，有此一事，亦足以显示其善性未泯。《晏子春秋》（齐·晏婴）云："景公时，雨雪三日，公衣狐谓晏子曰：天下不寒，何也？晏子曰：贤君饱知人饥，温知人寒。公曰：善。遂出衣发粟，以与饥贫者。"比起楚庄、景公，朱元璋则稍逊一筹。"宋太祖尝冬月撤兽炭。左右启曰：今日苦寒。上曰：天下臣民寒者众，朕何独温愉哉"（宋·王君玉·《国老谈苑》）。你不烤火，百姓就温暖了吗？

182

你得让百姓也得点御寒的实惠！"汴京大雪，太祖念征西将士，解所服紫貂裘帽，赐王全斌。乃谕诸将曰：不能遍及也。将士感激，因成功"（脱脱《宋史》）。这些，我觉得都只是一种姿态、一种手段。可就是这种姿态和手段，常常就换得了老百姓的感动和拥戴。我们的饥寒交迫的先民呵，是多么的善良和容易满足！

《月令七十二候集解》将大雪分为三候："一候鹖鴠不鸣；二候虎始交；三候荔挺出。"进入大雪节期，山林寒彻，寒号鸟不再鸣叫；阴至盛极而衰，阳气萌动，老虎开始求偶；地气悄悄上浮，感应阳气，荔挺抽绽新芽。荔挺是兰草的一种。《说文》（汉·许慎《说文解字》）曰："兰，香草也。"《本草》曰："兰，一名水香，又名香水兰，四时常青。花黄有春芳者为春兰，色深秋芳者为秋兰。"屈原吟曰："纫秋兰以为佩"（《离骚》）。佩兰者，以示高洁，不与污秽同伍，且兰可"煮水以疗风"（《本草》）。所以，唐太宗讲究"春晖开紫苑，淑景媚兰汤"（《咏芳兰诗》）。荔挺属春兰，于大雪之时绽芽，而于"阳和煦九畹，晴芬溢青兰"（明·宋濂《兰花篇》）之早春开花。毕竟冬节已入纵深，春天还会远吗？

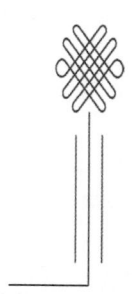

冬　至

　　携带着"兰色结春光，氤氲掩众芳"（唐·僧无可《咏兰》）的早兰清芬，披拂着"凌风知劲节，负雪见贞心"（南北朝·范云）的松柏浩气，我们伴随着岁月的脚步，进入了冬至的旅程。

　　在二十四节气中，四立是四季的开始，备受重视。天子要亲率三公九卿举行盛大的郊祭，民间有五彩缤纷的庆节风习。二分、二至是四季的中分，官方、民间也有相应的庆仪。"春分之日，祀朝日于东郊"，"祭马祖"（《礼记》），"祭大明之神"（《会典》）；"夏至日，祀皇地祇于方丘，狱渎等神从祀焉"，"祭昆仑之神于泽中，配于后土"（《礼记》），"夏至而麦熟，天子祀太宗"（《管子》）；"秋分日，祀夕月于西郊"（《礼记》），"享寿星于南郊"（《史记》）。而一进入冬至，祭祀则更显得分外地隆重。因为冬至是二十四节气中一个特殊的节气。《孝经纬》解释冬至"至有三义，一者阴极之至，二者阳气始生，三者日行南至，故谓之至"。《恪遵宪度抄本》也说："日南至，日短之至，日影长至，故曰冬至。至者，极也。"阴盛至极而始衰，于是阳气萌动。《周易》云："十月为坤卦，纯阴之象；十一月为复卦，一阳生于下；十二月为临卦，二阳生于下；正月为泰卦，三阳生于下。"冬去春来，阴消阳长。所以，"冬

至一阳生"，唐代独孤铉《南至》云："王历班穷律，凝阴发一阳。"太阳直射南回归线，不再南去，而是慢慢向北回归线转移。所以，冬至北半球白昼最短而黑夜最长，故冬至又称"长至"。二千五百多年前的春秋时代，先民就用土圭测定了冬至，使其成为二十四节气中最早制定的一个节气，令世人不能不叹服我们祖先的智慧。一过冬至，北半球白昼就渐渐加长。古人的测量原始而简便："晋魏宫中以红线量日影。冬至后，日添长一线"（《渊鉴类函》）。故元代朱德润《冬至》曰：日光绣户初添线，一宵天上报阳回。

古人认为，君为阳。"冬至，阳气起，君道长，故贺；夏至，阴气起，君道消，故不贺"（《史记》），故"冬至以为德"（《淮南子》），君王升殿，群臣拜贺。《晋书》曰："魏晋冬至日，受万国及百僚称赞"，"其仪亚于岁朝"，仅次于新年朝拜。故冬至又称"亚岁"。其实，周代以十一月为正月，冬至为年节。《周易》曰："至日闭关，商旅不行。"游子都拟归过年了。汉改周制，春节后移，沿延至今，但仍推崇冬至。《隋书》记载："冬至日，朝皇帝。出西房，即御座，受贺。举酒，上下舞蹈，三称万岁。"隋炀帝杨广《冬至乾阳殿受朝》记录了一时之盛："端拱朝万国，守文继百王……缨佩既济济，钟鼓何煌煌。"《唐明皇实录》（杨万里）也有类似的记述。如此盛朝，乃节序所致，天道所赐，当然必须礼拜上苍。《三礼义宗》云："冬至日，祭天于圜丘。玉色苍璧，牲用玉色，乐用夹钟。为宫乐，作六变。"《礼记·大司乐·疏》解释说："土之高者曰丘"，"圜者，象天圆"。《礼记》亦曰："祀昊天上帝于圜丘。"注云："冬至日，祀五方帝及日月星辰于郊坛。"这种祭祀，皇帝亲自主持："庚寅冬至，亲祀圜丘于南郊"（《晋书》）。

唐代裴达《南至》就吟唱了这种祭祀："圜丘才展礼，佳气近初分。"于是，这种风气流播四方。《说海》(晋·陆楫)曰："冬至日，契丹国人设白马白羊白雁，各取生血和酒，国主北望，拜奠黑山神。"

中华民族是一个重根崇源的民族。这样一个节日，当然不会忘记祖先。《东京梦华录》称："京师最重冬节，更新衣，享祖先……一如年节。"冬至成为一年中最后一个、也是第四个（元日、清明、中元）祭祀祖先的传统节日。至今，潮汕一带仍流行冬至扫墓的风气。扫墓要焚化纸钱，清明称"过春钱"，冬至称"过冬钱"。前辈亡故，头三年只"过春钱"，三年后更注重"过冬钱"。清明常多雨，泥泞不便；冬至常晴和，便于野餐。绍兴人"做冬至"，先至宗祠祭祖，然后带着纸剪的男女衣冠，焚化于祖墓之前，俗称"送寒衣"，然后为祖坟加泥、除草、修基，据说可保一年吉祥。祭祀之后，亲朋聚饮，至欢而散。所以，冬至日，亲人思念游子，望他归来祭祖。"想得家中夜深坐，还应说着远行人"（白居易《邯郸冬至夜》）。至今，泉州一带有"冬节不回家无祖"之说。此习台湾更为隆重。冬至之日，台胞用糯米粉捏成鸡鸭鱼猪牛羊等象征吉祥的动物，用蒸笼分层蒸成糕点，名曰"九层糕"，用以祭祖。而且，同宗同族聚于祖祠，举行庆典。庆典一如大陆清明，全族男丁长幼排序，三跪九叩礼拜先祖。然后，大摆宴席，开怀畅饮，名曰"食祖"，认宗寻根，体亲联谊，感受祖脉绵延的血浓于水的情愫。

于是，冬至这么一个源于气候学的节气，便衍演成为具有浓郁民俗气息的中华民族的传统节日。节日庆仪人数之众多、范围之广大、气氛之热烈、色彩之绚烂，二十四节气中

惟清明可与其同调，而喜庆之情犹过于清明。《易通卦验》曰："冬至之始，人君与群臣左右纵乐五日，天下之众亦家家纵乐五日，为迎庆之礼。"既然放纵娱乐，官方当然放假。"冬至前后，君子安身静体，百官绝事，不听政。择吉辰而后省事"（《续汉书》）。而后"听事之日，百官皆衣绛"（南朝·宋·范晔《后汉书·礼仪志》），表示气象一新。所以，《淮南子》还记载："冬至之日，天子率三公九卿迎岁"。阳气开始萌动，新春很快到来，事先迎接迎接，庆贺庆贺，以示喜乐。

既然是君民同乐，举国相庆，那么，有些禁律也就放松放松。"正月一日年节，开封府放关扑三日，至寒食、冬至，三日亦然"（《东京梦华录》）。关扑者，"赌掷财物"，赌博也。封建朝廷也禁止赌博，但冬至时开放"红灯日"，全国都是"红灯区"，放肆三天，轻松一回。既然如此，牢中囚犯也沾沾光吧。《梁书》（唐·姚思廉）曰："席阐为东阳太守，冬至悉放狱囚"，回家享一日天伦之乐，但须"依期而归"。《南史》（唐·李延寿）载："梁傅岐为始新令，有囚当死，会冬至，岐乃放其还家。曰：某若负信，县令连坐。竟如期而返。"冒着也犯死刑的危险，放死囚省亲，可见风气已盛。又曰："王志为东阳太守，郡狱有重囚十余，冬至日，悉遣还家，过节皆返，惟一人失期。志曰：此自太守事，主者勿忧。明旦，果至，以妇孕也。吏人皆叹服之。"何独吏人，我亦叹服。执法尚颇有人情味，一也；官员颇敢负责任，二也；囚犯守法颇自觉，三也；民风颇为淳朴，四也；冬至节颇有普天同乐之感，五也。

一个民俗节日，能够成为传统，我想是因为它沉淀着一个民族的心理认同，融汇着一个民族的文化积淀，寄托着一

个民族的精神追求，传承着一个民族的人生期望。于是，一旦成为传统，它就习惯地拥有一种强大的凝聚力和自然的召唤力。所以，任何民族都不可，也不会忽视自己的传统。如果北京人冬至不吃馄饨，南阳人冬至不吃水饺，江南水乡冬至不喝赤豆粥，会被人认为是"异类"，但又有多少人知道吃馄饨源于打破混沌、开天辟地（《燕京岁时记》）的传说，吃水饺源于张仲景以"娇耳"为乡民治愈冻耳的故事，喝赤豆粥源于共工之子冬至日死、死后化为厉鬼残害百姓，而百姓据其"畏赤豆"而"做赤豆粥以禳之"（《荆楚岁时记》）的典故呢？不知道不重要，重要的是这种食俗已成为一方民众联络一气、凝聚一团的一种习惯、一种传统。一旦破坏了这种习惯和传统，"联络"便中断，"凝聚"便打散，"一气"便归消失，"一团"便成散沙，陷于一种涣散无力的可怕局面。所以，任何民族都重视自己的传统。

　　当然，冬至是一个寒冷的节气。"一候蚯蚓结；二候麋角解；三候水泉动。"阳气未动，蚯蚓屈曲下向；阳气已动，回首上向，故屈曲而结。麋角向后，古人视为阴兽；阳生于阴，麋有感应，故其角分解。至于泉水，感阳气而回温，凝滞者始流动。"冬至阳始起，反大寒，何也？阴气推而上，故大寒"（班固《白虎通》）。古人以为地底阳气萌动，把阴气逼上地面，所以数九寒冬自冬至日始。于是，文人雅士、士大夫者流在冬至期间，常常择一逢九之日，相约九数之友，摆上九碟九碗，喝以谐九之酒，以为九九消寒。九九者，八十一天之后，大约到了来年惊蛰，便是"九九艳阳天"了。民间还流行九九消寒图以供娱乐。图是一幅双钩描红书法，上有"庭前垂柳珍重待春风"九字，每字九划，共八十一划。自冬至

189

日起，按笔顺每天填写一划：晴则填红，阴则填蓝，雨则填绿，风则填黄，雪则填白。填好一字，则为一九，直到九九春回大地，消寒图才算大功告成。回首细观，气候变化，全在字中。图画版的消寒图，则画九枝梅花，每枝九朵，根据天气用色，一天填一朵花，一枝对应一九。故元代杨允孚有《滦京杂咏》云："细数窗间九九图，余寒消尽暖回初。梅花点偏无余白，看到今朝是杏株。"也有作九体对联的。每联九字，每字九划。如"春泉垂春柳春染春美；秋院挂秋柿秋送秋香"，每天根据天气上下联各填一划，娱乐身心同时，记录天气变化。

当然，镰锄稼穑的劳力者是无缘消遣那种把戏的，他们依然放不下手中的农事。小麦要增施有机肥、土杂肥，以利越冬；油菜要浇淋猪粪水、尿素液，防治蚜虫。棉种要冷冻处理，室内选种；蔬菜要细心照料，大棚保温。绿肥要壅根，防冻保苗；桑树要整枝，灭虫越冬。家禽家畜要护理，修整栏舍保温；鱼池鱼塘要修整，保护鱼苗过冬。水利设施要整修，积肥造肥要抓紧；冷浸田要改良，排水沟要深开……真如杜甫所说："天时人事日相催，冬至阳生春又来。"

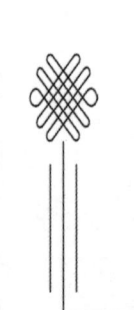

小 寒

"季冬时惨烈,猛寒不可任。严风截人耳,素云附地凝。"天灰云黯,风吼雪叠,南朝宋代傅宏的《季冬》描绘的正是小寒时候的气象。虽然,《月令七十二候集解》说:"十二月节,月初寒尚小,故云。月半则大矣。"其实,据中国气象的资料,小寒是气温最低的节气,大寒气温低于小寒的年份极少。这是因为"冬至一阳生",以后阳气逐渐上浮的缘故。小寒时节,正值"三九"。民谚云:"三九四九,冻破碓臼。""冷在三九,热在中伏。"以摄氏计,东北北部平均零下30℃左右,低时零下50℃以下,冰雕玉琢,晶莹澄澈;北京地区一般零下5℃上下,低时零下15℃以下,天冷地冻,叶落木秃;秦岭淮河一线在0℃边缘徘徊,千山凝霜,万水浮冰;就是江南一带,也只在5℃周围游移,寒气袭人,万物摧折,一派萧索君临大地的气象。

但耕作者并没有停息,他们用自己的双手在严寒的禁锢下培育着勃勃生机。在秸秆覆盖的菜园子里,菜子在土被下静静绽芽;在稻秆铺垫的猪牛栏内,牲畜在草窝里懒懒翻身;在棉絮壅塞的母鸡窝里,鸡仔在蛋壳中酣酣做梦;在塑膜封罩的越冬棚里,黄瓜在温暖里悄悄成熟。鱼塘里,男人在清除浮冰;地窖口,主妇在封掩干草。老甘蔗要收割尽净,新

甘蔗要开垄栽植。柑桔要剪除枯枝，茶苗要杂草覆盖。苗圃园中，要育好树种；绿肥田里，要追肥壅土。草木灰肥要大积、农田水利要大修……他们以自己的智慧，在"三九"寒冬里，创造了一个又一个奇迹；以自己的汗水，在冰天雪地里，浇灌出一片又一片春意。

正当劳力者忙于斗寒创造的时候，劳心者却在精心安排保健享受了。他们讲究服用热性和温性的食物。生姜羊肉汤温中补血，祛寒强身；羊肾红参粥益气壮阳，填精补髓；胡桃仁饼补肾御寒、润肠通便。劳力者也自有他们自己的养生办法：素炒三丝（青椒、冬菇、胡萝卜）健脾化滞，润燥去火；丝瓜西红柿粥化痰止咳，生津去烦。广东人在小寒的早上吃糯米饭，南京人在小寒的中午吃肉片、香肠、鸭丁、羊肉、狗肉等各种各样的菜饭，一为应节，二为健身。

小寒亦有三候，曰：初候，雁北乡。大雁感二阳萌动，开始北向（乡）而归，并为小雁先导。小雁骨嫩，至立春后才陆续随着归北。二候，鹊始巢。喜鹊得阳气感应，开始搭枝做窝，准备生卵育幼了。三候，雉始雊。雉者，鹑类野鸡，很美丽的一种鸟，尤其雄鸟，羽毛艳丽，尾羽很长，可插于帽盔以为装饰。雊者，鸣叫。《礼记·月令》云，季冬之月，"雉之朝雊，尚求其雌"。雉之鸣声，有求偶之意了。

看来，一切都已显示阳春就要来临了。是的，岁寒三友（松竹梅）正"寄言谢霜至，贞心自不移"（李德林），花中四君子（梅兰竹菊）正"雪虐风号愈凛然，花中气节最高坚"（陆放翁）时，一年中"二十四番花信"便热热闹闹地开场了。一年花信的魁首，是名标"三友"、"四君子"的梅花，因为它"无端半夜东风起，吹作江南第一花"（元·丁鹤年《红梅》）。

193

国人喜爱梅花,我想,不仅因为它娇艳鲜妍,俏丽动人,红梅"绿萼添妆融宝烛,缟仙扶醉跨残虹"(《红楼梦》),白梅"不知近水花先发,疑是朵朵雪未消"(唐·张谓),墨梅"吾家洗砚池头树,朵朵花开淡墨痕"(明·王冕);也不止是它幽香淡远,风韵别致,"疏影横斜水清浅,暗香浮动月黄昏"(宋·林和靖),"素艳乍开珠蓓蕾,暗香微度玉玲珑"(刘秉忠);更重要的是它象征了中华民族百折不挠、坚贞不屈、奋勇当先、自强不息的精神品格,你看它"墙角数枝梅,凌寒独自开"(王安石),你看它"万花敢向雪中出,一树独先天下春"(元·杨维桢),你看它"已是悬崖百丈冰,犹有花枝俏。俏也不争春,只把春来报"(毛泽东),即便遭逢坎坷,仍高风亮节,风骨昂然,"凌厉冰霜节愈坚","零落成泥碾作尘,只有香如故"(陆放翁)。因而,文人墨客、美人雅士、豪侠隐逸、志士英雄,几乎没有人不以梅为同调者,所谓"雪满山中高士卧,月明林下美人来"(高启《梅花》),"不要人夸颜色好,只留清气满乾坤"(王冕),便是他们志趣的写照。甚至,向往自己与梅花形影不离,"何方可化身千亿,一树梅花一放翁"(陆放翁),真该一改范仲淹的名句了:"微斯花,吾谁与归!"而且,梅花还为寿星们钟爱,因为它的生命力极强。我国自商代栽植梅花起,已有近4000年历史,古梅颇多。现今,湖北沙市章华寺内2500余年前的楚梅,湖北黄梅江心寺内1600余年前的晋梅,浙江天台山国清寺内1300余年前的隋梅,浙江超山大明堂院内和云南昆明黑水祠内1200余年前的唐梅,浙江超山报慈寺中1000余年前的宋梅,虽然铁杆虬枝染满岁月的风霜,却依然枝叶扶疏,岁岁花开沧桑,令人叹为奇观。

齐己《早梅》云："孤根暖独回。"其实不然，正当"梅心惊破，多少春情意"（李清照）时，"岁寒不受霜雪侵"（杨万里）的花信亚军山茶正"烂红如火雪中开"（苏轼）了。《群芳谱》云："山茶一名曼陀罗。树高者丈余，低者二三尺，枝干交加，叶似木樨。""以叶类茶，又可作饮，故得茶名。花有数种，十月开至二月。有鹤顶红，大如莲，红如血"。风雨霜雪之中，芳艳长达百余日，故宋代曾裴甫赞叹："唯有山茶殊耐久，独能深月占春风。"

在我居住的小城，山茶是我最喜爱的花卉之一。花园里，机关和居民的院落中，乃至街道两旁的绿化带里和人行道边，一盆盆、一行行、一片片的山茶四季长青，绿意葱茏。尚未绽放的时候，一点点红蕾被鳞鳞绿叶簇成的树冠半展半掩地托起，似半羞半喜的朱唇欲启未启，像一团碧玉里闪灼着颗颗红星，又像一头青丝上点缀着粒粒红玛瑙，再加上沾附着的露珠晶莹澄澈，那一分娇羞妩媚，真让人心里不由得涌起满腔的怜爱来。待到开放的时候，一片片绿叶擎着霜雪，一掌掌洁白晶莹衬托着、簇拥着一朵朵水淋淋、红亮亮的笑靥，美艳、丰腴，光彩照人。风过处，颤动摇曳，幽香可人，让人心动神驰，似乎置身于融融暖意而忘记逼人的寒气，久久不忍归去。我曾在阳台上养着一树山茶，劳作之后，"不知户外千林缟，且看盆中一本红"（宋·刘克庄），情趣油然而生。若种一本白山茶，则"高洁皓白，清修闲暇"（黄庭坚），另有一番风味。

山茶正当"鹤顶丹时看始佳"（宋·王十朋），花信的季军水仙婷婷娉娉地登场了。《群芳谱》云：水仙"丛生，根似蒜头，外有薄赤皮。冬生叶如萱草，色绿而厚。冬间，

岁月的驿站·下卷

195

于叶间抽一茎，茎头开花数朵，大如簪头。"我们常常在"蒜头"刚刚绽放乳白色嫩芽的时候，便养一本于白瓷或玻璃盂中，浇一勺浅浅的清水，放几颗太湖石、雨花石，或者贝壳，欣赏它的芽苗慢慢伸长，变绿，袅袅娜娜地娇弱摇曳，感受清新条达的气息。当它"白玉为苔金作盏"（明·马庄夫）、"消尽冰心粉色微"（明·孙齐之）时，便临近三阳开泰、冬去春来了。水仙也有开红花者，《群芳谱》曰："单叶者名水仙，千叶者名玉玲珑"。亦有红花者，但珍稀名贵，难于见到。《开元遗事》记载："唐明皇赐虢国夫人红水仙十二盆，盆皆白玉，七宝所造。"所以宋代黄庭坚有诗曰："何时持上紫宸殿？"机遇难逢，于是"随缘流落野人家"了。我认为，流落于平常人家，为广大民众欣赏，以至广为种植、留传，实在是一幸事。

　　花卉知时报春，人们也高高兴兴准备年事了。在我的故乡，一进入十二月，乡亲们便忙忙碌碌地蒸酒打豆腐、冲碓打糍粑、杀猪烘腊肉、架锅炸米花了。我小时候最感兴趣的是熬根子糖。父母亲推糯米浆的时候，我就围着磨盘转来转去，不肯离开。待到半夜滤糖浆的时候，也不肯上床去睡。直到熬成饴糖，父母正值凌晨霜重把饴糖扯成布满蜂窝的糖根子时，我却上眼皮与下眼皮粘在一起睁不开了。但母亲总把我拍醒来，让我饱吃一顿脆酥酥、香喷喷的根子糖，然后一觉睡到第二天的中午。在这种高高兴兴忙忙碌碌的气氛里，"叶飞林失影，冰合涧无声"（梁·朱超道《岁晚诗》）的一年中最后一个节气在"鸣枯条之泠泠，飞落叶之漠漠"（晋·陆士衡《感时赋》）中悄悄来临了。

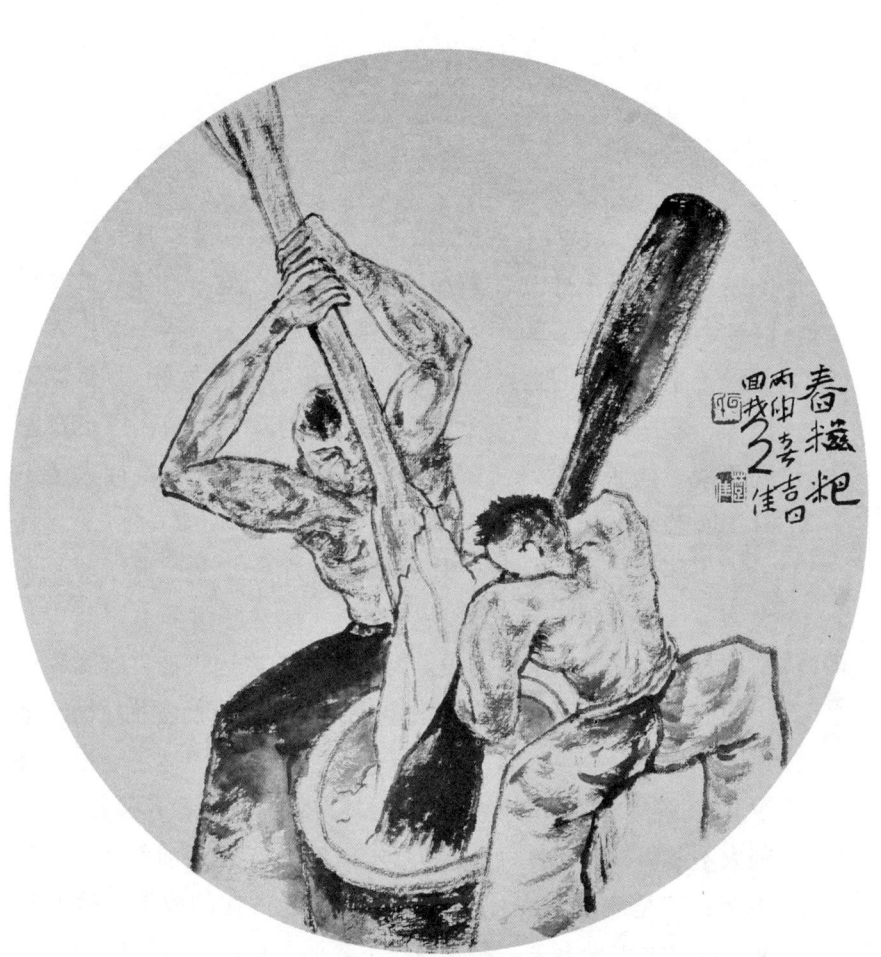

大　寒

　　大寒是二十四节气中最后一个节气，也是岁月轮回一周的结束。大寒在月中，承接小寒而来，寒气愈积愈浓，故《授时通考·天时》（清·鄂尔泰、张廷玉）云："大寒为中者，上形于小寒，故谓之大……寒气之逆极，故谓大寒。"低温，风大，积雪不化，银装素裹，"放眼闲看雪山晴，风定奇寒晚更凝；坐听一篙珠玉碎，不知湖面已成冰"（范成大《冬日田园杂兴》）。"兽藏丘而绝迹兮，鸟攀木而凄音"（晋·陆云《岁暮赋》），山林一片萧索。《月令七十二候集解》说大寒"一候鸡乳；二候征鸟厉疾；三候水泽腹坚。"其实，江南在大寒之前，主妇已设窝孵蛋；那长途远飞觅食的鹰隼，因地面气温低而盘旋于高高的空中，迅猛地猎捕食物；而"坚冰固于川底兮"（陆云），孩子们开始在水上溜冰了。据《月令》记载："黄河每岁过冬冻冰，冰厚则车马竞渡。狐狸未渡，则人不敢行。盖狐性疑而善听，始敢渡。至立春前而冰解。"当然，这是淹没在岁月烟云那边的遥远古代的故事，后人只闻"黄河之水天上来，奔流到海不复回"（李白）的浩浩荡荡。至今气候暖化，我们是看不到黄河冰冻的奇迹了。至于河上溜冰，那应当是黄河以北地区孩子们的专利，在黄河流域以南，人们恐怕一生中也难以享受这种乐趣。

这个季节，农活相对减少。北方地区忙于积肥堆肥，保护牲畜防冻，做好开春准备。南方地区管理小麦油菜，修整水利网络，适时插桑植竹。岭南地区作物收割完毕，农户联合上阵，集中消灭田鼠。老果树要修剪病枝，新果园要平地定植，马铃薯要施好熟腐有机肥料播种，覆盖地膜保护。大棚菜要抓住晴天晒太阳通风，及时采摘上市。稍有空闲，就要忙于越来越紧迫的年事了。杀鸡宰鹅，手在热水里泡得通红；干塘捉鱼，脚在冰水里冻得发紫。真是"喝了腊八粥，年事赶着走"；"二十四，过小年，过了小年忙大年"；"大寒不闲，人马不安。"

冬笋也是年节佳品，正值上山挖取的时候。笋是竹的幼苗，历来是人们喜爱的菜食。晋代戴凯之《竹谱》曰："植物之中有名曰竹，不刚不柔，非草非木……或茂沙水，或挺岩陆，条畅纷敷，青翠森肃，质虽冬蒨，性忌殊寒，九河鲜育，五岭实繁。"除了水中，中华大地到处丛生。竹的种类很多，毛竹、苦竹、斑竹、方竹、龙头竹、黄金间碧玉竹，品性各异。冬笋是楠竹未曾出土的苞芽，娇嫩莹白，观之可爱；酥脆鲜细，食之可口。特别是炖炒猪肉，既可开胃增鲜，又可解油去腻，故有"南参"之称。将其切片，加工干制，形状、色泽酷似玉兰花瓣，名曰"玉兰片"，市场上常常供不应求。所以李商隐咏曰："嫩箨香苞初出林，于陵论价重如金；皇都陆海应无数，忍剪凌云一寸心"（《笋》）。陆放翁也说："列仙阅世独清癯，雪谷冰溪老不枯；输与锦绷孩子辈，千金一束入天厨"（《咏笋》）。我家没有楠竹，但姨妈家却有青翠一山，真有唐时郑谷吟咏的"宜烟宜雨亦宜风，拂水藏村复间松；移得萧骚从远寺，洗来疏净见前峰"（《咏竹》）

的风韵。每到小年之后,我总是跟在大表哥背后,挖一大背篓带着冰屑雪粉的冬笋背回家去,让全家人眼里都荡漾着亮晶晶的欣喜。

伴随着冬笋出山,大寒的花信风候知天顺时,如期开放,一展芳姿。一候是瑞香。瑞香之名有个故事:"一比丘昼寝盘石上,梦中闻花香酷烈。及觉,求得之,因名睡香。四方之士奇之,谓为花中祥瑞,因名瑞香"(《庐山记》)。因香而被发现又名之为香,其香自然不同一般。所以,唐代钱起说"露香浓结桂,池影斗蟠虬",将它比做桂花;苏东坡说"幽香结紫浅,来自孤云岑",将它比作梅花;杨万里说"未折犹疑紫素馨",将它比作素馨花;这还不够,又说"香中真上瑞,兰麝敢名家",把它比作兰花和郁金香(麝香草)。其实,它的形态也很美,《群芳谱》曰:"高三四尺许,枝干婆娑。柔条厚叶者,四时长青。叶深绿色,有杨梅叶,有枇杷叶,有荷叶者。有毬子者,有李枝者。冬春之交,开花成簇。长三四分,如丁香状。共数种,有黄花、紫花、白花、粉红花、二色花、梅子花、串子花。皆有香,惟李枝花紫者,香更烈。李枝者,其节孪曲如断折之状。"宋代朱淑真吟咏曰:"玲珑巧戆紫罗裳,令得东君著意妆;带露破开宜晓日,临风微困怯春霜。"晋代《格物总论》曰其"一名蓬莱紫,一名风流树。"风流者,出类拔萃矣。故明代苏双溪叹曰:"尤物真旖旎。"可惜这种花种植未广,知者亦稀。

二候是备受国人青睐的兰花。"滋兰于九畹兮,纫秋兰以为佩","沅有芷兮澧有兰","秋兰兮青青,绿叶兮紫茎",屈子的反复吟诵树立了兰花高洁不群的形象。其实,早于屈子约二百年的孔子就已对兰花推崇备至。"孔子聘诸

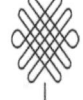
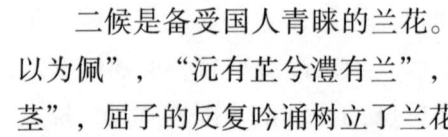

侯，莫能仕。自卫反鲁，隐谷之中见香兰独秀，喟然叹曰：'夫兰，当为王者香，今乃独茂与众草为伍！'乃止车援琴鼓之，自伤不适时，托辞于香兰云"（蔡邕《琴操》）。后世君子皆乐于与香兰为伍，黄庭坚曰"兰似君子"（《修水记》）。我想，兰本一花，从未自比君子；君子比兰，人自多情罢了。但于孔子、屈子之意，兰花"生不逢时"，又非君子所愿。若感怀才不遇，又不主动服务社会、服务民众，像苏东坡所说的"春兰如美人，不采羞自献"，如果真有才干，则湮没可惜，湮没而又幽怨愤懑，觉得"不如当路草，芳香欲何为"（崔途《幽兰》），则自堕尴尬，自怨自伤。如果非兰而自以为兰，则可笑复可厌了。真正的君子应当"芝兰生于深林，不以无人而不芳；君子修道立德，不为困穷而改节"（魏·王肃注《孔子家语》）。而当政者则应崇兰礼蕙，识拔人才，若能"三顾茅庐"，则会佳话留传。

　　抛却功利之心，兰花自然是一种又香又美的人类之友。《本草》云："兰，一名水香，俗呼燕尾香，煮水以疗风，又名香水兰。"所以，屈原的"浴兰汤兮沐芳泽"，唐太宗的"淑景媚兰汤"，是有道理的。《本草》又曰："兰四季常青，花黄。有春芳者，为春兰；色深秋芳者，为秋兰"，"置座右，花开时满室尽香。"僧无可曰："过门阶露叶，寻泽茎连香"，是真有养兰的体验。至于梁孝元帝的《赋得兰泽多芳草》，则不仅描绘了它的芳香四溢、形态娇艳，而且状写了它的风韵清丽、人皆爱之："春兰本无艳，春泽最葳蕤；燕姬得梦罢，尚书奏事归；临池影入浪，从风香拂衣；当门已芬馥，入室复芳菲；兰生不择径，十步岂难稀。"，

　　三候山矾，又名芸香、七里香，是一种根、花、叶皆可

岁月的驿站·下卷

201

入药，主治黄疸、咳嗽、关节炎的常绿小乔木。《本草纲目》曰："山矾生江、淮、湖、蜀山野中，树高大者丈余。叶似栀子，光泽坚强，凌冬不凋"，"花繁白如雪，六出黄蕊，甚芬香"。黄庭坚《山矾花》序云："江湖山野中，有一小白花，木高数尺，春开极香，野人号为郑花。"宋代王禹偁《芸香》曰："春冰薄薄压枝柯，分与清香是月娥；忽似暑天深涧底，老花擎雪白婆娑。"宋代徐府《山矾》云："细碎黄金嫩，繁花白雪香"，亦可见其香艳晶莹。

在瑞香、兰花、山矾的芬芳里，在繁忙、欣喜、快乐的氛围里，"爆竹声中一岁除，春风送暖入屠苏；千门万户曈曈日，总把新桃换旧符"（王安石《元日》），岁月进入新一圈的轮回，将万古不变的节序物候在人类生活的广袤舞台上重演一番。

附 卷

二十四番花信词

宋人程大昌《演繁露·花信风》曰：小寒至谷雨共八节百二十日，五日为一候，每候应一种花信：

小寒：梅花、山茶、水仙；　大寒：瑞香、兰花、山矾；
立春：迎春、樱桃、望春；　雨水：菜花、杏花、李花；
惊蛰：桃花、棠棣、蔷薇；　春分：海棠、梨花、木兰；
清明：桐花、麦花、柳花；　谷雨：牡丹、酴醾、楝花。

1、定风波·梅花

俏赛梨花带雨妍，嫣如翠袖捧霞燃。更有冰魂濡墨液，绰约，瑶池疏影玉生烟。　披霜傲骨香浮月，醉雪，一枝一朵一诗篇。性爱群芳争艳罢，迟发，谁知反在百花前。

2、遍地锦·山茶

静坐冰霜雪深处，伴松梅，抗凌扛侮。吐芳魂，绿拥丰仪；展笑靥，银丝赤玉。　遍园林，市井街衢，阁楼轩，锦铺香著。你我他，相共寒凉，值到那，春迷圃路。

204

3、天仙子·水仙

肤裹薄霞根结雪,白玉为苔金盏忾。婷婷娇立惹人怜,轻摇曳,风情绝。出水洛神羞掩悦。　白石几团扶秀韵,粉色冰心腴日月。真纯淡泊度韶华,冷眼阅,炎凉劫。一勺清波浇圣洁。

★马庄夫咏水仙:白玉为苔金作盏。孙斋之咏水仙:消尽冰心粉色微。

4、虞美人·瑞香

宋人陶令举《庐山记》曰:一比丘昼寐石盘上,梦中闻花香酷烈。及觉,求之,因名睡香。四方之士奇之,谓为花中祥瑞,因名瑞香。晋《格物总论》曰:瑞香一名蓬莱紫,一名风流树。风流者,出类拔萃也。

琼肤紫袖梅兰骨,蓬岛风流树。霜濡浅紫影蟠蜵,金簇丁香淡菊,舞婆娑。　锦囊蕴藉千花液,露酿芳菲烈。神尼梦破赖奇香,韵味骚人难写,喻群芳。

★明人王象晋《群芳谱》曰:瑞香花如丁香状。唐人钱起咏瑞香云:池影斗蟠蜵,金花笑菊秋。瑞香香烈,钱起比之桂香,东坡比之梅香,诚斋比之素馨,又比之兰花,郁金香(麝香草)。

5、汉宫春·兰花

雪捧葳蕤,摇曳离骚里,律动琴操,鹅黄扶香绽蕊,玉琢粉雕。冰魂玉骨，淑气萦，诗画难描。光画影，春晖凝碧，参差露润华苗。　　琼阁当门韵雅，书苑添幽客，草泽腴饶。婷婷九畹争茂，同竞妖娆。孤荣亦秀，守寂寥，独树风标。君子约，行囊收拾，穷通偕赋逍遥。

*《词谱》云：兰为幽客。黄山谷《修水记》云：兰为君子。《琴操》云：孔子自卫返鲁，至谷中，见香兰独秀，喟然叹曰：兰当为王者香，今乃独茂，与众草为伍，乃止车，援琴鼓之，自伤不逢时。

6、渔歌子·山矾

《群芳谱》曰：此草香闻数百步外，自春至秋，清香不歇绝。又名芸香、七里香，花白色，根茎叶入药，主治黄疸、关节炎。

蕊结春冰白雪香，山湖草莽玉芬芳。疗顽疾，送清馨，披风裹雨入秋光。

7、念彩云·迎春

《群芳谱》曰：迎春花黄色，如瑞香。此调又名夜游宫、新念别。

孕翠霜坡雪窟，暗结蕾，精华凝蓄。期盼春来历冬酷，相思情，频缠梦，朝朝暮。　　地角田头处，待春归，水滨山腹。开满天涯条条路。持金盏，醉香腮，扶风舞。

8、蝶恋花·樱桃

明人彭大翼《山堂肆考》曰：唐朝宰相有樱笋厨时为最盛。

岁月的驿站·花信词

206

《摭言》曰：唐新进士有樱桃宴。

半启丹唇娇欲吐，红缀珊瑚，远望霞云簇。露洗垂垂娟媚酷，春心一点难言诉。　厌向宰臣金盌去，扮演珍奇，夸饰荣华物。百两千元非本愿，风情总被时人误。

★樱桃时下价每斤百元以上，平民亦难能一尝。

9、望远行·望春

《群芳谱》曰：辛夷，一名望春，一名木笔。苞长半寸，尖锐如笔。《格物总论》曰：辛夷高数尺，紫苞红焰，花落无子。

不负韶华且自娇，紫蕾红焰照天烧。花开本自重妖娆，凋时无果亦逍遥。　天涯望，赏春潮。一腔诗浪绿滔滔。蓝天铺纸笔濡香，心怡情畅赋风骚。

10、小重山·菜花

风绿园田遍地黄，万蜂争酿巧，蝶成行。青青麦里菜花香。荷锄者，击壤笑春光。　为报种耕忙，珍珠盈荚果，满腔藏。懒闻杜宇泣斜阳，云天外，几度又沧桑。

11、行香子·杏花

红闹春酣，晴幻轻烟。香粘雨，宿梦清鲜。流丹韵远，拂径情牵。入药缘仁，消魂最是酸甜。　神仙故事，探花传盏，酒村旗，尊祀先贤。历经千载，风雨斑斓。纵骚人捧，名归实，不虚攀。

★晋人葛洪《神仙传》云：三国吴董奉隐居庐山，悬壶行医，植杏成林，修炼成仙，后人称之为杏林、杏田。《摭言》云：唐进士杏花园初会，谓之探花宴。唐杜牧诗：借问酒家何处有？牧童遥指杏花村。南朝梁宗懔《荆楚岁时记》云：寒食以杏酪、麦粥祭介子推。

12、南楼令·李花

绿染叶离离，花开雪满枝。乱晴岚，露气香披。日照多情藏燕语，魂断夜，雨莺啼。　　路畔展风华，林园白霭栖。缀珠玑，翠质青皮，累累春光凝碧玉，甘鲜脆，下成蹊。

此曲又名唐多令，箜篌曲

13、梅花引·桃花

开狂放，铺华彩，不作小家碧玉态。晴霞烧，雨魂娇，泼染胭脂，春光动海潮。　　仙桃献寿非吾愿，啖食升天亦虚幻。万户珍，九洲欣，城乡香溢，不羡武陵深。

★《神仙诺》云：食桃可成神升天。

14、喝火令·棠棣

拥绿笼香径，花敷浅淡红。枝摇啼鸟乱葱茏。凝聚天光霞影，宝石悬晶莹。　　本是平常物，清名与草同。淳情一宴誉芳丛。可叹时人，独重孔方兄。不见树犹郁郁，任自笑东风。

★棠棣，又名郁李，果如李，圆颗，似红宝石。召伯以其

宴兄弟,《诗经·棠棣》即宴情之作,后人以之喻兄弟之情。同名有棠棣花,草名,花黄色。

15、风入松·蔷薇

花开率性各娟妆,紫白红黄。岚光烘蕊珊瑚媚,回风动,淑气泱泱。颤颤蜂须粉腻,婷婷蝶梦钗镶。　　从春过夏郁芬芳,剪锦裁香。悠长岁月终将老,秾华谢,肠断寒霜。留得根须与梦,来年还续华章。

16、一丛花·海棠

霓裳起舞乱东风,翻涌正霞红。娇容著雨酡晕羞,更媚眼,醉意朦胧。西子妆成,太真春睡,湖畔驻仙踪。　　香巢深锁一千重,蜂觅路非通。莺声恰恰颤花韵,露摇落,诗画难工。羡他彩蝶,翩跹上下,身自嫁芳丛。

*《群芳谱》云:海棠凡四种,曰贴梗,曰垂丝,曰西府——曰木瓜,均有色无香。

17、感黄鹂·梨花

已春浓,百花争艳,芳丛独抱幽冰。看丽日笼烟弄蝶,雪铺惆怅晶莹,素凝画屏。　　东风吹送莺鸣,月色煮香烹影,魂消万缕柔情。更篱院溶溶,淡妆神韵,露濡娇矜,杜鹃啼夜,那堪一串疏条带雨,花枝叠乱斜横。不胭脂,娇令闹春杏惊。

*此调又名八六子。

209

18、菊花新·木兰

借得英名征戍女,枝转雕弓柔条屈。光掣紫霞生,花片片,玉剑斜举。 兰香莲色娇欲语,矜持姿,终难遮去。何不泛清波,离骚里,陆子诗句。

*木兰为女名,又为舟名,《离骚》云:朝搴阰之木兰,陆龟蒙诗云:几度木兰船上望,不知原是此花身。

19、夜行船·桐花

莫道桐花皆雪,耀眼明,紫裁红叠。危岩孤直干云霄。叶摇落,寄情曾阅。 中有巢栖香露夜,传奇梦,凤凰噙月。斫为琴瑟清音绝,庶民愠,逐南风解。

*《搢绅脞说》云:顾况曾于御沟水上得桐叶,上题曰:一入深宫里,年年不见春。还凭一片叶,寄与有情人。《新论》云:神农帝削桐为琴。《孔子家语》云:昔舜弹五弦之琴,造南风之诗,曰:南风之薰兮,可以解吾民之愠兮。

20、家山好·麦花

伴梅开种下真纯,眠霜雪,吐芽针。花开富贵人间暖,绿风薰。喜晴日,割黄云。 五千年史书图册,页页麦魂淫。江山变幻,农家故事已翻新,村村笑语频。

*宋人杨万里诗云:此是农家真富贵,雪花消尽麦苗肥。

21、醉红妆·柳花

何缘总是系离情,尽流丝,夹道生。节逢魂断恰清明,飞花絮,逐征篷。 慵争妍丽斗芳名,梦天际,绿风荣。折柳行人皆插柳,羌笛怨,改新声。

22、思佳客·牡丹

魏紫姚黄满洛阳,胭脂深浅腻粉光。游人接踵惊明艳,羞色群芳尽敛妆。 干横恣,掩行藏。纵然贬损亦何伤,芳菲若爽丞黎愿,枉占人间第一香。

*此词一名鹧鸪天。武后诏游后苑,百花俱开,牡丹独敛,逐贬于洛阳。皮日休咏牡丹云:落尽残红始吐芳,佳名唤作百花王。竞夸天下无双艳,独占人间第一香。

23、菩萨蛮·酴醾

层层簇簇横斜卧,娇羞映水鱼含朵。架满绿罗裙,情深动暮春。 插鬟仙客慕,压色桃红妒。香远不因风,何须借酒名。

*《群芳谱》云:荼蘼一种,色黄似酒,故加酉字。黄庭坚诗云:名字因壶酒,此处反其意。

24、御街行·楝花

迎春让与时髦闹,迹敛天涯杳。任他桃杏饰芳菲,梨李

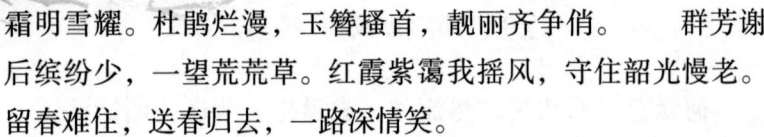

霜明雪耀。杜鹃烂漫,玉簪搔首,靓丽齐争俏。　　群芳谢后缤纷少,一望荒荒草。红霞紫霭我摇风,守住韶光慢老。留春难住,送春归去,一路深情笑。

2013年2月18日—3月6日

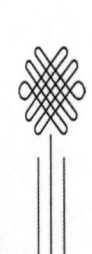

附：检索备忘录

一、参阅并引用古今典籍、篇章名录

（按本书涉及顺序排目，数次涉及者以第一次排目）

时期	作者	典籍篇章
西汉	刘安等	《淮南子》
唐	周公旦或戴德、戴圣	《礼记》
唐		《辇下岁时记》
东汉	应劭	《风俗通》
南朝 梁	吴均	《续齐谐记》
西晋	周处	《风土记》
南朝 梁	宗懔	《荆楚岁时记》
清	张英等	《康熙钦定渊鉴类函》
清	沈德潜	《古诗源》
今	吴家骀 导演	《白蛇传》
今	黄沙 导演	《梁山伯与祝英台》
清	曹雪芹	《红楼梦》
宋	胡仔	《苕溪渔隐丛话》
宋	吴自牧	《梦粱录》

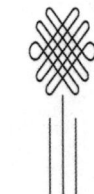

唐	张读	《宣室志》
今	二月河	《祸起萧墙》
唐	房玄龄	《晋书》
唐	武平一	《景龙文馆记》
唐	薛用弱	《集异记》
唐	刘鼎卿	《隋唐嘉话》
西汉	刘歆	《西京杂记》
南朝 宋	檩道鸾	《续晋阳秋》
夏		《夏小正》
秦	吕不韦	《吕览》（《吕氏春秋》）
东汉	崔寔	《四民月令》
西汉	司马迁	《史记》
西周—春秋		《诗经》
战国		《黄帝内经》
西汉		《太初历》
古罗马	瓦罗	《论农业》
汉		《孝经纬》
元	吴澄	《月令七十二候集解》
明	王象晋	《群芳谱》
南朝 梁	阮孝绪	《神农本草经》
汉	董勋	《皇览逸礼》
东汉	班固	《汉书》
宋	高承	《事物纪原》
清	富察敦崇	《燕京岁时记》
清	顾禄	《清嘉录》
宋	孟元老	《东京梦华录》

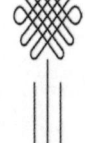

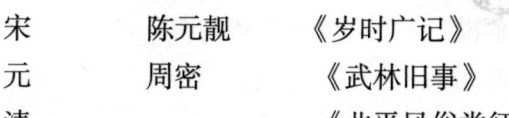

宋	陈元靓	《岁时广记》
元	周密	《武林旧事》
清		《北平风俗类征》
战国 宋	庄周	《庄子》
元	王实甫	《西厢记》
春秋鲁	左丘明	《春秋正义》
西汉	董仲舒	《春秋繁露》
明		《绘典》
清	潘陛	《帝京岁时纪胜》
唐	孙缅	《唐韵》
唐	李淖	《秦中岁时记》
晋	虞喜	《志林》
春秋鲁	孔子	《论语》
明	刘同、于奕	《帝京景物略》
清		《清通礼》
瑞典	林西莉	《汉字王国》
晋	傅元	《阳春赋》
宋	罗隐	《尔雅翼》
南朝 梁	崔灵思	《三礼义宗》
晋	司马彪	《续汉书》
民国		安徽《宁国县志》
清		《太湖县志》
西汉	刘歆	《三统历》
唐	韩鄂	《四时纂要》
今		《2011——2020十年袖珍月历》
元	脱脱	《金史》

东汉	蔡邕	《月令章句》
晋	傅元	《夏赋》
南朝 梁	肖统	《文选》
南朝 陈	徐陵	《玉台新咏》
清	陈希龄	《恪遵宪度抄本》
元	脱脱	《辽史》
唐	魏征	《隋书》
金	张元素	《主治秘要》
东汉	郑玄	《易通卦验·注》
清	吴友如	《竹妖入梦》
三国 魏	嵇康	《养生论》
清	叶志铣	《颐身集》
晋	陆翙	《邺中记》
唐	张九龄	《开元遗事》
明	冯应京	《月令广义》
宋	乐史	《杨妃外传》
唐	段成式	《酉阳杂俎》
唐	苏鹗	《杜阳杂编》
春秋		《尚书》
南朝 梁	刘孝标	《辨命论》
后汉	郭宪	《唐志》
清	林则徐	《1838年札记》
清		《武宁县志》
汉	刘熙	《释名》
今	鲁迅	《社戏》
齐	管仲	《管子》

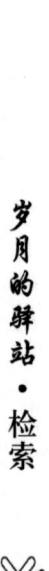

216

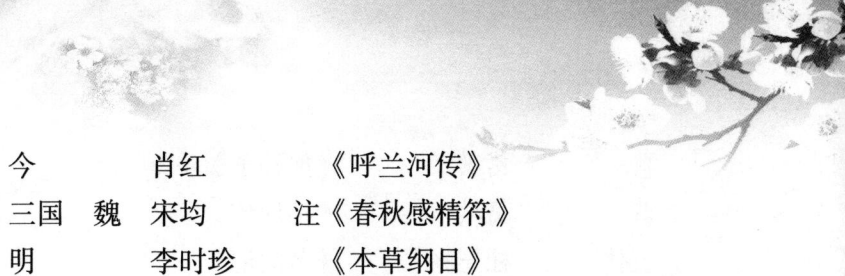

今		肖红	《呼兰河传》
三国	魏	宋均	注《春秋感精符》
明		李时珍	《本草纲目》
周			《神农书》
明		宋应星	《天工开物》
南朝	宋	刘义庆	《世说新语》
汉		刘向	《洪范五行传》
齐		公羊高	《春秋公羊传》
鲁		左丘明	《春秋左传》
宋		程大昌	《六帖》
五代		王裕	《天宝遗事》
宋		欧阳修	《新唐书》
元		周达观	《真腊国风土记》
南朝	梁	萧绎	《纂要》
楚		辛计然	《文子》
明		田汝成	《西湖游览志》
清			《兴宁县志》
晋		嵇含	《南方草木状》
晋		葛洪	《汉武故事》
汉		郭宪	《洞冥记》
汉		刘向	《列仙传》
宋		陈令举	《庐山记》
宋		吕亢	《蟹图记》
晋		王淑之	《菊铭》
宋		范成大	《菊谱》
南朝	宋	盛弘之	《荆州记》

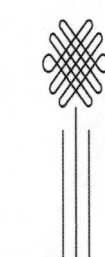

晋	葛洪	《抱朴子》
晋	葛洪	《神仙传》
五代	杜光庭	《名山记》
宋	姚铉	《文粹》
元	李杲	《食物本草》
今	魏巍	《东方》
唐	令狐德棻	《周书》
明	沈榜	《宛暑记》
明	吕明珂	《太常记》
宋	陆佃	《埤雅》
五代后晋	刘昫	《旧唐书》
东汉	班固等	《东观汉记》
三国魏	王粲	《英雄传》
三国吴		《曹瞒传》
晋	张华	《博物志》
明	郎英	《气候集解》
明	彭大翼	《山堂肆考》
唐	苏颂	《本草图经》
明	陈洪谟	《嘉靖常德府志》
宋	韩彦直	《橘谱》
清		《南丰风俗物户志》
清	施鸿保	《闽杂记》
清	吴震芳	《岭南杂记》
南朝齐	祖冲之	《述异记》
春秋鲁	尸佼	《尸子》
齐	晏婴	《晏子春秋》

宋	王君玉	《国老谈苑》
元	脱脱	《宋史》
汉	许慎	《说文解字》
周		《易经》
宋	杨万里	《唐明皇实录》
晋	陆楫	《说海》
唐	姚思廉	《梁书》
唐	李延寿	《南史》
东汉	班固	《白虎通》
南朝 宋	范晔	《后汉书》
清	鄂尔泰、张廷玉	《授时通考》
晋	戴凯之	《竹谱》
晋		《格物总论》
东汉	蔡邕	《琴操》
宋	黄庭坚	《修水记》
三国 魏	王肃	《孔子家语·注》

二、参阅并引用古今诗人、作者名录

（按朝代排序，前已提及者除外）

春秋战国

屈　原　　姬墨臀

三国时期

左延年　　徐干　　曹操　　曹丕　　钟会

晋朝

王羲之　　顾恺之　　苏彦　　杜预　　陶渊明
孙绰　　　潘岳　　　张华　　夏侯湛　陆云
程晓　　　陆士衡　　左思

南北朝

颜延之　　徐陵　　　饱泉　　鲍照　　徐擒
傅宏　　　刘苞　　　范云　　朱超道　萧纲
周弘让　　肖悫　　　张正见　刘铄　　庾信
刘瑗　　　谢灵运　　庾肩吾　谢惠连　闻人倩

隋朝

李德林　　薛道衡　　杨广

唐朝

李白　　　杜甫　　　张说　　文秀　　李世民
李隆基　　骆宾王　　白居易　李乂　　李治
崔颢　　　孟浩然　　王湾　　陈陶　　郭问
杜牧　　　韩愈　　　崔道融　王驾　　刘兼春
王昌龄　　李益　　　崔途　　欧阳儋　王维
沈佺期　　耿湋　　　杜审言　宋之问　崔日用
王绰　　　冷朝阳　　杨衡泳　张志和　郑愔

李商隐	方　干	韦应物	要群玉	吴　融
徐　凝	元　稹	董思恭	韦承庆	皮日休
刘禹锡	张　聿	许　浑	张　耒	虞世南
李　颀	高　适	司空曙	韩　偓	蒋　防
张　乔	李　峤	僧皎然	卢　纶	黄　巢
席　夔	储光羲	戴　察	苏味道	王　勃
李德裕	元　结	许用晦	郑　畋	岑　参
林　滋	陆龟蒙	柳宗元	谭用之	僧无可
独孤铉	裴　达	张　谓	郑　谷	钱　起

五代

齐　己	繁　钦

宋朝

欧阳修	苏东坡	戴表元	郭功父	陆放翁
李清照	柳　永	秦　观	胡　仔	林景熙
萨都剌	王安石	辛弃疾	李持正	范成大
葛胜仲	程　颢	吴惟信	高　翥	杨迁秀
黄庭坚	梅圣俞	张　栻	苏　辙	徐溪月
何梦桂	真山民	黄孝先	虞似良	方　回
唐　庚	赵孟頫	司马光	赵　禥	黄　庚
吕本中	周敦颐	钱　时	释善珍	宋景文
王歧公	林和靖	曾裘甫	刘克庄	王十朋
朱淑真	徐　虎	王禹偁		

元朝

刘　因	舒　桢	李俊民	周伯琦	吴　莱
张养浩	张　宪	吕　诚	马致远	杨允孚
杨维桢	刘秉忠	丁鹤年	朱德润	虞　集

明朝

袁　凯	庄　昶	高　启	李流芳	高则诚
王迁陈	欧大任	叶正甫妻镏氏		文　嘉
冯琢庵	莫如忠	刘　基	文征明	陈　昂
李　宓	朱允炆	徐　渭	李梦阳	李邦直
王　冕	冯庄夫	孙齐之	宋　濂	

清朝

董元恺	爱罗觉新旻宁		王士禛	袁景澜
吴雄业	王士雄	李　炳	龚自珍	

近现代

闻一多	余光中	毛泽东	胡乔木	伍培阳
匡国泰	吕颂文			

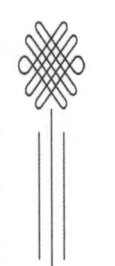

后 记

北京人都知道北京的门。中国人都知道二十四节气。

但是，真正懂得北京的门的人并不多。门的起源与流变，门的方位与意蕴，门的建构与象征，门的权威与朝政，门与墙及与宫、与城、与市的关系等等，真正懂得的人就是一部北京的活历史、一张北京的活地图。真正懂得二十四节气的人也不多。二十四节气的由来和底蕴，节与气与候，民间与官方各自的庆仪和典制，二十四节气与国计民生，与政治、经济、吏治和军事，与天文、地理、医学和保健，与文学、艺术、体育和娱乐，与动物、植物特别是花卉，与雅文化和俗文化，乃至与神学、佛学、道教与玄学等等，真正懂得的不说是一个至少也是半个中国民俗文化的专家。

刚懂事的年龄，父亲就常常跟我念叨二十四节气，要我背熟节气和一些有关节气的农谚，讲每个节气的农事。立秋前三天，他每天凌晨即起，爬上屋后的高地，体察风向和观看云脉，依据祖先传留下来和自己积累的物候经验判断秋季的气候，如果有"秋风秋雨摇动秋"的迹象，他会喜形于色地说：风调雨顺，五谷丰登。如果"鱼鳞满天火烧云"，他会忧心忡忡地说：干死蛤蟆，饿死老鸹。这就是我最初受到的二十四节气的教育。但如果我问为什么，父亲是讲不出什

岁月的驿站·后记

223

么道理来的。那时,我想:有一本关于二十四节气的书,该多好。可惜没有,后来也一直没有发现。

在漫长而匆忽的人生旅途里,我慢慢地读了一些书,积累了一些知识,想要有一部二十四节气书籍的想法又回旋在脑海中。于是,我问自己:可以试着为二十四节气立传么?我把这个想法告诉了一些朋友,得到了他们一致的热情鼓励和支持。于是,便动手实施自己的设想。

但这实在不是一件轻松的工作。以前我写作和主编出版了十多部著作,有600余万字吧,但都没有感到这一次面临的艰难。幸喜小女湛涛是市图书馆的业务干部,她检索、阅读了一部又一部典籍,搜集、整理了一叠又一叠资料,使得写作能按部就班地进行。

我们一开始就确定了写作的要求:"民族性、知识性、文化化、文采化:为24个节气立传。"二十四节气是全人类农耕文明的节序,但它完全是中华民族的,它反映的民风民情、民习民俗,充分体现了华夏人民的民族心理、民族习惯、民族品格、民族传统。"民族性"是二十四节气的灵魂。失去了中华民族"民族性"的二十四节气便不是二十四节气,顶多是一个空洞的躯壳。如前所述,二十四节气涉及的知识非常丰富,几乎综合有传统意义上一切学科的知识。因此,它的文化沉淀无与伦比地丰厚。于是,"知识性、文化化",自然就成了二十四节气的题中必有之义。它们是二十四节气的生机灵动的血肉。没有了血肉,二十四节气便只剩下一具干枯脆弱的骨架。这就使得二十四节气里激荡着一条中华民族传统文化的源远流长、波光潋滟之河,在整个写作过程中,我们心中常常升腾起一股民族自豪的感情。也正是这股感情,激励着我们的一种责任感和使命感,决心把这个系列写完,并尽可能"文采化",尽可能清新、晓畅、优美些,好读些,使读者能于阅读享受当中轻松愉快地在知识上丰富自己,在精神上强大自己。

感谢《邵阳日报》和她的文艺部主任马笑泉先生,2011年专门开了"二十四节气"的专栏,使得拙作能够在一年内应节与读者见面,听到读者的意见。也感谢不少读者给我打电话,或者枉驾过访,谈感受和意见。还有一些读者告诉我,他在剪报收藏。说实话,没有他们的关心、鼓励和支持,这些东西至今很可能还是空中楼阁。

终于完成了。自我感觉还不错。松了一口气。正如《邵阳日报》专栏编辑马笑泉先生所说:"这是一项工程。"现在结集,我觉得与2010年完成的"为六大民族节日留影"的"永"字系列散文在内容和风格上是共通的,于是便合为上、下两卷,名之《岁月的驿站——中华节气节日风情录》,一起奉献给读者。倘若相识或不相识的朋友在阅读的过程中,有一点点享受感而觉得没有浪费时间以致被"谋财害命"的话,我则欣欣然有喜色了。

刘宝田

2015年3月6日

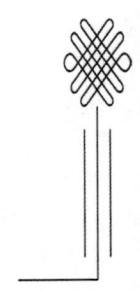

刘宝田作品存目

著 作

《议论文论据材料选》（合作）
　1982 年 5 月　湖南人民出版社

《与黎明同在》（散文诗集）
　1986 年 5 月　辰河丛书系列

《自能作文序列丛书·高中一年级》、《高中二年级》
　1987 年 4 月　湖南、湖北、河南、广东、广西教育出版社，海南人民出版社联合出版

《高中作文》（合作）
　1987 年 9 月　中南工业大学出版社

《草莓之恋》（大型歌剧·合作）
　1989 年 8 月　演出获湖南省歌剧节一等奖，后发表于《剧海》，收入《湖南省歌剧选》

《生活的恋歌》

（散文诗集）　　1989 年 9 月　　广西师范大出版社

《不渝的情思》（诗歌集）

　　1991 年 7 月　　广西民族出版社

《赖宁》（大型歌剧·合作）

　　1992 年 6 月　　香陵金陵出版公司

《诗学及随笔》（评论集）

　　1994 年 5 月　　国际文化出版公司

《变幻与沉思》（文化文论集·合作）

　　1994 年 9 月　　成都科技大学出版社

《魂断鸡鸣寺》（大型戏曲·合作）

　　1995 年 8 月　　1995 年 4、5 期《戏剧春秋》发表，演出获湖南省戏剧节二等奖

《卫士风采》（报告文学集）

　　1995 年 10 月　　花城出版社

《少年蔡锷》（电视剧）

1997 年 5 月　　列入"中国百位名人少年时代"电视系列

《生命·智慧·艺术》（散文随笔记）
　　2004年9月　　作家出版社

《岁月的驿站——中华节气节日风情录》（系列散文集）
　　2016年5月　　中国书籍出版社

《青青草文集》（五卷本）
　　2016年5月　　中国炎黄文化出版

《邵阳儿女抗日风云录》（合作）
　　2016年10月　　光明日报出版社

《何建国评传》（人物传记）
　　2016年10月　　天津美术出版社

《邵阳文库·刘宝田文学世界》
　　2016年10月　　光明日报出版社

编　著

《邵阳》（大型彩色画集·主编）
　　1988年8月　　为邵阳市委、市政府编

《江南文丛》（大型文学丛书·主编）
　　1996年4月　　国际文化出版公司

《蔡锷故里》（主编）
　　1996年9月　中国文史出版社
《邵阳历史上的今天》（合作）
　　1997年7月　邵阳广播电视台播出

《中国当代邵阳人物谱》（主编）
　1997年9月　中国文史出版社

《中华骄子吕振羽》（编著）
　　2010年10月　邵阳广播电视台讲座

《音乐大师贺绿汀》（编著）
　　2011年5月　邵阳广播电视台讲座

《邵阳名典·物藏卷》（合作，主编）
　　2012年7月　湖南人民出版社

《蔡锷诗文选》（合作，主编）
　　2015年12月　知识出版社

《简氏一家诗文集》（合作，主编）
　　2016年3月见《邵阳文库》　光明日报出版社

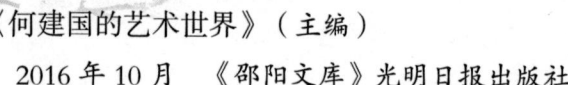

《何建国的艺术世界》（主编）
　2016 年 10 月　《邵阳文库》光明日报出版社

《尹晓星的音乐世界》（主编）
　2016 年 10 月　《邵阳文库》光明日报出版社

《邵阳古代诗词选》（合作，主编）
　2016 年 10 月　《邵阳文库》光明日报出版社

《邵阳现当代诗词选》（合作，主编）
　2016 年 10 月　《邵阳文库》光明日报出版社

《城市之光》（合作，主编）
　2016 年 10 月　湖南人民出版社

《蔡锷诗文选集》（合作，主编）
　2016 年 10 月　《邵阳文库》光明日报出版社

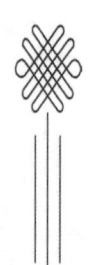

刘宝田年谱

1940年1月　己卯年十一月二十八日（1940年1月7日）生于湖南省邵阳县小溪市乡扶田村回龙桥。父亲刘贤美，略识文字，时年36岁。母亲肖晚秀，文盲，时年31岁。上有一姐梅田，时年12岁；一兄树田，时年6岁。家境清贫，有水田1.2亩，旱土1亩，佃耕地主2亩。父亲春至湘潭挑鱼水，冬至贵州卖红纸，勉强维持家计。

1946年7月　入当地安宁（今乔头）小学读书。

1947年　参与家务劳动，随兄树田挑煤至小溪市码头。故后来有发表于《人民日报》之《隔窗读雪》。

1950年2月　随校参加宣传队演出节目，庆祝翻身解放，宣传土地改革。

1952年5月　学校安排参加学区小学生演讲比赛，获第一名。

1953年8月　与同乡学友共5人步行至邵阳市参加升初中考试，考入三联中学。

1953年9月　父亲挑着行李和三斗黄豆送我入校，卖了黄豆充一期学费、生活费。三联中学坐落爱莲池（后为市政府，池平莲毁）。1953年11月加入中国少年先锋队，选为大队旗手。当时，学校拨爱莲池阁楼君子亭为少先队办公室，放置队旗、

乐器、书籍以及少先队物件。我自一年一期半期考试后住进君子亭守物，直至离开三联中学。故后来有《怀念爱莲池》一文。

　　1954年9月　　一年一期期末成绩为市区各学校同年级第一名，综评98.6分。三联中学改办爱莲女子中学，男生迁往邵阳市四中。10月加入共青团。

　　1956年6月　　初中毕业，保送入邵阳市一中。因家境清贫，请求自考师范类中专。校方否决。9月，入邵阳市一中39班学习。任校刊《一中青年》副主编。

　　1957年9月　　因染上床粟立志同学肺结核，休学回家。

　　1958年4月　　任教于乔头学校民办高小，包揽六年级全部课程。学校设乔头王家祠堂。在县刊发表《堆堆石灰赛山包》等小诗，在地区《破与立》杂志发表《大炼钢铁之歌》。

　　1960年9月　　考入邵阳师专（邵阳学院前身）中文科就读，任年级学习委员，代理团支部宣传委员。诗《家乡颂》获学校作文比赛甲等第2名。期间，小说《吕书记来到我们大队》、《递入党申请书那天》，诗歌《村头古松下》、散文《车箱里的欢乐》等相继发表于《资江报》。

　　1962年2月　　与王立云结婚。4月至湘乡二中实习，任实习组组长，代表实习生上公开课。

　　1962年7月　　分配至邵阳县七中，入校守校。9月，再分配至邵阳县五中，任班主任，语文教师，少先队大队辅导员。期间，诗《车水谣》、《水圳修到银河上》、小诗剧《公社好少年》、《瞎老汉砍矿》相继发表于省、市、县《群众艺术》杂志。翌年，评为县"优秀教育工作者"。

　　1963年　　新中国第一次工资改革，在转正基础上，获晋

232

升两级工资。

1964年2月　调邵阳县三中,任班主任、语文教研组组长、工会主席。期间,入邵阳地区医院做阑尾切除手术。社会主义教育运动中,任积极分子小组组长。11月6日女儿涓涛出生。

1965年8月　因教导主任参加社教离校,代理教导主任。

1966年8月　加入中国共产党,任教导主任。

"文化大革命"期间,拒绝参加两派群众组织和县"造反司令部"的三次调令,教课之余偷偷研习古典诗词。

1967年1月17日至2月15日,与县三中师生共10人南行大串连,自桂林至南宁、湛江,转衡阳至广州过元旦。由衡阳返回。

1969年2月　因"接受贫下中农再教育"的政治运动,调回家乡小溪市中学任高中语文教师、语文教研组组长。

1970年4月　抽调至邵阳县革委宣传组做通讯报导工作。因自己要求,7月仍回小溪市中学。

1971年10月　任学校支部委员、革委会委员。

11月,因乙肝腹水住院,直至1973年8月。住院治疗效果不佳,由县医院转入小溪市公社医院,后回家自采草药治疗约半年,初愈,归校。

期间,在《邵阳地区通讯》发表长篇通讯《一所深入开展"学工"活动的农村学校》,推介小溪市中学"学工"的经验,招致地区学校参观者络绎不绝。并且,在县《工农兵文艺》杂志、地区《资江文艺》、省《群众文艺》、《湘江文艺》、《湖南日报》相继发表长诗《七月的歌》、《资江春潮》、《我们的"贫管会"》、《祖国呵,早晨好》等诗歌、散文。

1972年2月　16日,儿子浚涛出生。期间我因肝硬化正

233

住院。

1975年4月 5日，次女湛涛出生。

1976年8月 加入湖南省作家协会。

1977年5月 11日至6月8日，参加"湖南省秋收起义诗歌散文创作组"并任组长，在省文联副主席王剑清带领下，沿着"秋收起义"路线至铜鼓、浏阳、文家市、安源等地采访、学习，后于醴陵市宾馆进行写作。在《湘江文艺》《湖南日报》、《安徽文学》、《北京文艺》、《诗刊》、《星星诗刊》相继发表诗歌、组诗。

1978年8月 11日次子洁涛出生。

1979年7月 16日，受省文联安排，先在《湘江文艺》诗歌组审读编稿，后入洞庭湖华容县隆庆莲场体验生活，并于岳阳炮台山宾馆进行创作。直至8月20日回校。后并相继在《湖南日报》、《湘江文艺》、省《群众艺术》、《洞庭湖》等报刊发表反映湖区生活的歌词、组诗、散文。

1980年4月 14日至29日参加湖南省第四次文代会。期间，缺席省中小学语文教学座谈会，但会议印发了我《语文教学一定要注重"读"》一文。

1980年9月 任小溪市中学教师教导主任。

同时加入地区中学语文教学研究会，任副会长，且选为地区文联委员，潇湘作文研究中心成员，为县人大代表。

1981年 进行段法研究。

1982年 写作《段法初探》论文，将所有段落归纳为诸如"总分段"等12类构段法。

5月，与中一成合编《议论文论据材料选》，后由湖南人民出版社出版。

1983年7月　28日至8月13日，参加在烟台（途经北京）召开的"全国中学语文教学研究会"。与会者253人，其中中学教师36人，其余为大学教师。《段法初探》为大会印发材料，引起特别关注。会后，南下登泰山，于长江航行至南京，至8月21日回邵。其后，有蓬莱、泰山、南京题材的诗歌、散文诗发表于《湘江文艺》、《湖南日报》、省《群众文艺》、《星星诗刊》等报刊。

1984年3月　调邵阳县一中任校长、党支部书记。

1985年1月　调邵阳地区文化局任局长、党委书记。

1986年5月　散文诗集《与黎明同在》纳入"辰河丛书系列"出版。

涓涛与唐振林结婚。

1986年6月　邵阳地区、邵阳市合并为邵阳市，任市文化局局长、党委副书记。

1987年4月　应湖南教育出版社之邀，编著"自能作文序列丛书"高中一年级、高中二年级两册，由湖南、湖北、广东、广西、河南教育出版社及海南人民出版社联合出版。

19日，外孙唐治鑫出生。

1987年8月　17日至24日，至索溪峪参加全省群众文化研讨会。

陪蓊冰清副书记游张家界、桃花源。

9月，应邀编著《高中作文》，由中南工大出版社出版。

1988年7月　歌词《一片云》获日本国王唱片公司在中国举办的"芦京子独唱歌曲大赛"歌词奖。

8月，任常务副主编，为市委、市政府编纂大型彩色画集《邵阳》并出版。

1989年8月　与李茂华合作创作大型歌剧《草莓之恋》，由市歌剧团排演，赴省歌剧节演出，获一等奖。后发表于《剧海》，2015收入《湖南省歌剧选》。

9月，广西师大出版社出版散文诗集《生活的恋歌》。

10月10日至23日，率队参加广州艺术节。

1991年7月　广西民族出版社出版诗歌集《不渝的情思》。

1992年2月　13日至3月17日，率队参加昆明艺术节，转广西至南宁见刘国初将军，转桂林回。

5月，至洞口石江镇搞"社教"。期间，与肖革生合作创作大型歌剧《赖宁》，后由尹晓星谱曲、市少儿艺校演出，香港金陵出版公司出版。

6月2日，父亲去世。其1904年12月16日生，享年89岁。

10月24日至11月6日，率姚光荣、朱桢至南疆考察，至海口、三亚、越南芒街镇。

1993年11月　《邵阳日报》为我开"夜生活闲话"专栏，至1994年6月止。

1994年5月　评论集《诗学及随笔》由国际文化出版公司出版。

8月17日至9月3日，率队偕立云参加兰州艺术节。

25日游白塔山、黄河第一桥。27日于成都参观武侯祠、杜甫草堂。28日上峨眉山。29日至佛山参观郭沫若故居。转重庆买舟东下，经鬼城（丰都），过三峡，9月2日至岳阳。

9月起，《邵阳日报》为我开《酒与人生》专栏，至1995年3月止。

9月，成都科技大学出版社出版文化文论集（与陈白齐合作）《变幻与沉思》。

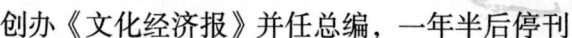

创办《文化经济报》并任总编,一年半后停刊。

12月31日,母亲去世。其1909年5月31日生,享年86岁。

1995年2月 8日至14日,率队赴深圳看望市艺校实习师生。

4月在《邵阳日报》开《都市生活》专栏。

5月22日至31日,为市博物馆、戏校、图书馆事率2人去北京文化部,拜见江明,吕坚陪同我办事。

8月,与李茂华合作创作大型戏曲《魂断鸡鸣寺》,由省戏剧院排演,赴省戏剧节演出,获二等奖,发表于该年4、5期合刊《戏剧春秋》。

9月14日到广东河源市,应约写作《卫士风采》。10月,花城出版社出版。

10月25日,应邀任《蔡锷故里》副主编,至京见蔡端、何建国,请刘开渠为《蔡锷故里》题写书名。

1996年 受市长孔令志之托,创办《邵阳人》杂志并任主编。出二期,因经费问题停刊。

1月起在《邵阳日报》开《人生感悟》专栏,每周一篇,8月底止。

9月,中国文史出版社出版《蔡锷故里》。

1997年应共青团中央少儿部,中国少年报社"中国百位名人少年时代"电视剧组之邀创作电视剧《少年蔡锷》。5月完稿,审稿获通过。后因剧组经费拮据未拍录。

7月,与刘志坚合作,编著《邵阳历史上的今天》,由邵阳市广播电视台播送一年。

8月,经三次申请,退二线,任调研员。

9月,受聘为《中国当代邵阳人物谱》主编。编成,中国

237

文史出版社出版。

  1998年5月 受市民革之聘,与中一成合作全面兼管民办中山中学工作。于艰难困苦之中,坚持普高教育直至2008年。因无校址,屡迁其校,由市粮校迁中山公园,迁市技校,迁市交校,迁洛阳洞小学,迁市体校,迁市十三中。因自2002年学生高考有上重本、二本线者,刷新邵阳市民办学校考不上本科大学的历史,且以后年年有5名左右学生考入一本、二本,被民革中央评为民革系统优秀单位,出席北京的民革系统优秀表彰大会。担任学校财务总监并任教高三语文,针对性研究高考语文试题,2002年、2005年高考古文翻译题与教学自选教材撞车。2008年5月带领学生做过的写韩愈"天街小雨润如酥,草色遥看近却无"诗句的读后感,恰是当年高考作文题。故2008年因生源欠缺中山中学停办后,旋被南华高考复读学校聘为首席语文教师。

  8月,湛涛与邬卫明结婚。

  1999年6月29日,孙子一堃出生。

  8月24日,外孙女邬煜琴出生。

  2004年9月 散文随笔集《生活·智慧·艺术》由作家出版社出版。

  10月,洁涛与何文捷结婚。

  2005年6月 13日次孙一炜出生。

  2006年7月 6日至18日,与浚涛一家三口游厦门。

  2008年10月 1日至7日,率全家13人游义乌、横店、杭州。

  2009年5月 应中国茶油之都邵阳县邀,创作《中国,茶油之都的童话》发表于《邵阳日报》、《人民日报》。

6月27日至7月6日，应著名山水画家何建国之邀，住北京中国海军宾馆，为其写评传准备材料。长谈5天，了解其人生轨迹。

2010年6月　《何建国评传》完成。2016年，正式出版。

19日至24日，偕立云游武汉，侄儿涌涛陪游武当山。10月于邵阳市广播电视台开《中华骄子吕振羽》专题讲座（五个晚上）。

10月，参加宝庆府邸全国征诗征联大赛，联获一等奖，词获二等奖，于是转入古典诗词领域活动。

10月，加入中华诗词学会，聘为邵阳诗协顾问。

2011年5月　于邵阳广播电视台开《音乐大师贺绿汀》专题讲座（6个晚上）。

7月参予《邵阳名典》编著工作。

《邵阳日报》开专栏，发表中国民俗节日系列散文。至2012年12月止。

2012年5月　浚涛一家陪游于云南，自昆明至大理至瑞丽，爬玉龙雪山。

外孙唐治鑫与孟菲结婚。

7月，主编（合作）《邵阳名典·物藏卷》，并代总主编作《山水卷》、《人物卷》、《文化卷》审稿工作，湖南人民出版社出版。

10月，加入中国楹联学会，任市楹联学会副会长。

2013年　参予大型地方文献"邵阳文库"策划、编写、出版工作。前后主编《何建国的艺术世界》、《尹晓星的音乐世界》，合作主编《邵阳古代诗词集》、《邵阳现当代诗文集》、《简氏一家诗文集》，审定《邵阳古代名联鉴赏》、《邓

岁月的驿站·年谱

239

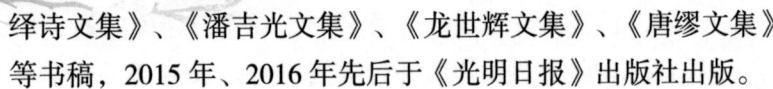

绎诗文集》、《潘吉光文集》、《龙世辉文集》、《唐缪文集》等书稿，2015年、2016年先后于《光明日报》出版社出版。

1月26日，外孙女萌萌出生。

3月，合作之《宝庆府古城墙赋》勒石于北门口。

4月，获"顾炎武杯全国征联大奖"三等奖。"东方美诗联大赛"一等奖、第四届华鼎杯诗联大赛金奖。

5月参加于湖北恩施召开的中国楹联第四次理论研讨会，合作的论文《楹联，下一个文学高峰》引起强烈反响，全国楹联类报刊纷纷转载。

7月偕立云新疆游，至乌鲁木齐、伊宁、吐鲁番诸地。

10月《邵阳精神礼赞》获"邵阳精神征文"一等奖。

受邀主持"魏源国际有限投资公司"董事长别墅文化墙设计、编辑工作，为其命名为"邵水怡园"，撰《怡园铭》等二赋，与诗词18首共勒于石。2014年12月完成。

12月，加入中华辞赋协会。

2014年3月　应邀参予大祥区《蔡锷诗文集》编纂工作，2015年9月由知识出版社出版。

3月获《黄河金岸赋》全国大赛三等奖。

3月18日应邀偕立云至澳门参加吴人豪一家三代书画展。

4月，获《三沙赋》全国大赛优秀奖。《致老后》获"兰天杯"散文赛二等奖。

5月，《北塔记》勒石于北塔公园。

5月，与李争光应邀为江西吉安白鹭洲书院重修撰联，并为其审核、修改全部对联，勒于石。期间，被"吉安禽仙子集团"聘为顾问。禽仙子即1915年巴拿马万国博览会与茅台酒同获得金奖的泰和乌鸡。

6月，被聘为市政协文史研究员。

10月，被评为全国"书香之家"。

11月起多次参与爱莲文化广场设计、审稿。与张正清合作《邵阳赋》，发表于2015年第一期《世界汉诗》，后勒刻于市博物馆。

12月，被评邵阳市离退休优秀干部。

12月14日，孙女一钰出生。

是年，2013年合作之《城步赋》勒石于城步县城、两江峡谷森林公园二处。

2015年4月　应邀为城步风景点利济门、五团镇、荣昌桥撰联。

6月，被聘为蔡锷纪念馆布展顾问。

6月4日至8日，波涛自美国回，全家40余人分别自南昌、湛江、武汉等地回邵省亲，家庭大团聚。

6月19至22日，应邀参加"中国梦·深圳杯全球华人诗词楹联大赛颁奖大会暨两岸诗词文化峰会"。其间，6月21日被"深圳香云纱非遗研究院"聘为"高级文化顾问"。

6月，合作编著《邵阳儿女抗日风云录》，2016年10月，光明日报出版社出版。

6月下旬，奉命任"邵阳市博物馆陈列方案"邵阳专家顾问组长，参与并组织市博物馆陈列方案。

同期，参与"邵阳市城市规划馆展览方案"专家顾问组工作。

7月，应大祥区邀参与"邵阳文库"《蔡锷文选》编纂工作，2016年10月完书，光明日报出版社出版。

7月，应邀主持天闻印务邵阳公司文化墙编辑工作，撰《天

241

闻印务邵阳公司记》镌刻于石。

7月，受邀创作《爱莲文化广场记》，碑刻于该广场。

8月，与张正清合编《城市之光》。2016年10月湖南人民出版社出版。

10月，受邀为城步"荣昌阁"撰联。

2016年3月，应长沙品酒店之邀作《品酒店赋》。

2016年5月，《岁月的驿站——中华节气节日风情录》由中国书籍出版社出版。

2016年10月，《邵阳文库·刘宝田文学世界》由光明日报出版社出版。